CHN06-15-167175♂

血统：克拉克

2006 年青岛市"冬季杯"第 18 名

U0106060

CHN03-15-161213♂

血统：考夫曼

优秀种雄

CHN05-15-123996 ♂

血统 詹森

荣获国家赛第47名，是一羽优秀种雄

CHN06-15-167165 ♀

血统：胡本

2006 年秋青岛市 460 千米第 6 名

CHN06-15-167164♀

血统:胡本

2006 年秋青岛市 460 千米第 24 名,
"冬季杯"第 31 名

CHN04-03-335401♂

血统:胡本100%

河北廊坊树林种鸽繁育中心,优秀种鸽

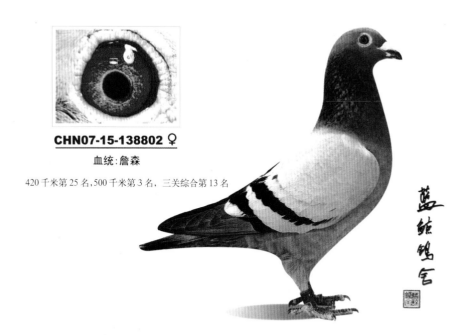

CHN07-15-138802 ♀

血统:詹森

420 千米第 25 名,500 千米第 3 名,三关综合第 13 名

CHN06-15-163922 ♂

血统:考夫曼

2006 年秋青岛市 460 千米第 4 名,三关综合第 53 名

赛鸽丛书

王伟克 著

鸽苑随笔
——总版主的网络鸽经

[GEYUAN SUIBI]

上海科学技术出版社

图书在版编目(CIP)数据

鸽苑随笔/王伟克编著. —上海:上海科学技术出版社,
2009.1

ISBN 978-7-5323-9574-3/S·822

Ⅰ.鸽...　Ⅱ.王...　Ⅲ.①信鸽-驯养-文集②信鸽-
竞赛性训练-文集　Ⅳ.S836-53　G899

中国版本图书馆 CIP 数据核字(2008)第 164091 号

上海世纪出版股份有限公司
上 海 科 学 技 术 出 版 社　　出版、发行
(上海钦州南路 71 号　邮政编码 200235)
新华书店上海发行所经销
苏州望电印刷有限公司印刷
开本 850×1168　1/32　印张 6.375　插页 2
字数:130 千字
2009 年 1 月第 1 版　2009 年 1 月第 1 次印刷
印数:1-5 100
定价:18.00 元

内容提要

本书反映了近年来赛鸽领域的一些热门问题，内容实用，针对性强，对解决目前赛鸽选种、饲养、训练、比赛等过程中的系列实际问题有参考和提示作用。内容包括赛鸽的原理、探索、意趣、杂感、人物和公棚6篇，汇集了近年来有关赛鸽的代表性文章200多篇，以随笔的形式介绍有关赛鸽的具体操作和实战经验，可供广大养鸽爱好者参考。

笔者从20世纪90年代初期开始养鸽实践，也差不多在此同时，撷取实践中的丰富感想、感悟，开始给竞翔杂志投稿。具体形式是在稿纸上"爬格子"，通过邮局寄出稿件。千禧年购置了个人电脑，使用键盘"爬格子"了，使用网络邮路发稿，且日渐熟练，但"那一头"的效果是一样的：文字印在杂志的纸页上，看不出是"稿纸货"还是"键盘货"。后来，得知自己的这种身份被称呼为"纸媒作者"，以区别于专事网络写作的作者。

　　2002年以后，接触了信鸽专业网站，主要在《中国信鸽信息网》的论坛中，以发帖方式与同行们学习、交流。感觉网络可以即时捕捉自己的感悟和思想火花，也能即时快捷地了解业内人士对自己言论的反馈，交流速度快、密度大，瞬间完成。这网络的以快制胜，煞是吸引人！在"中国信鸽论坛"活动两年许，受邀担任了论坛"鸽苑随笔"栏目的版主。又一年许，担任了"中国信鸽网论坛"的总版主，但仍偏爱于"鸽苑随笔"栏目。由纸媒写作增加了网络写作，纸、网并行,两条腿走路,充分享受两样媒体的不同感受,适应两者不同的要求,迎合两者不同的需要,叠加吸收两者同供的营养,优势互补,资源共享,熊掌炖鱼,不亦快哉!然而两类媒体的行文特点天生有异。网络论坛要求文字快、短、灵,点到为止,不纳长篇;纸媒文章一般要求主题集中、硬实,构思缜密,论点鲜明,论据充实。同时,网络读者群与纸媒读者群,在习惯、阅历、年龄、职业诸方面,界限分明,各自独立,择一而近,不相涉不兼得者良多。于是产生将6年余不发于纸媒,诞生于网络论坛的论帖型短文进行筛选、订正、集纳、分类,编辑成册,提供给纸媒读者,以期增加大量的审读、思考、交流、批评及批判者,同时也有让网络中的文字资源扩散到更广阔的信鸽竞翔人群当中去的目的,自认为是个人的工作、义务与责任,与纸媒耕耘并行不悖。网络行文,手眼并用,一蹴而就,至多改改错字即发。文字虽来得快,却易失于浅、陋、糙,兼有容量逼仄,思考不深不透的缺陷,囿于作者实有学识水平,错误、谬误难免。网络读者、互动者基本以竞翔界少壮派为主,阅历欠丰,涉世未深者众,一些内容中的谬误可能捉拿不出。于是,将形成于网络论坛的《鸽苑随笔》呈之于世,亦有请资深纸媒读者再行深入分析、指正的愿望。《鸽苑随笔》不是训养手册,亦非疑难答问性质,它的核心作用大概在于启发同好拓展眼界及思路,丰富操作手法与手段,更全面、深刻地认识信鸽竞翔这桩我们共爱的神奇事业。

王伟克

2008年金秋于胶州湾畔

目 录 《

一、原理篇　1

1. 300千米距离不能上　1
2. 把蛋洗一洗　1
3. 败军之将亦可言勇　2
4. 那叫一个"弹"　4
5. 比例失调　5
6. 一样钱要大的　5
7. 种鸽眼　6
8. 比佛丹的算术(一)　6
9. 比佛丹的算术(二)　7
10. 舶来品质量是否可靠　7
11. 春节与赛鸽的关系　8
12. 次蛋为雄现象　9
13. 冬季喂水　9
14. 杂出了什么　10
15. 二黑家飞　11
16. 鸽群是有档次的　12

目　录

17. 鸽子的自备GPS　　　　　　　　　12

18. 赛绩鸽作种　　　　　　　　　　13

19. 好赛鸽是不是好种鸽　　　　　　13

20. 好种鸽VS好赛鸽　　　　　　　　13

21. 换羽时的伙食标准　　　　　　　14

22. 极端近亲　　　　　　　　　　　15

23. 家飞与放飞　　　　　　　　　　16

24. 近亲病　　　　　　　　　　　　16

25. 近血配　　　　　　　　　　　　17

26. 开家两派　　　　　　　　　　　17

27. 老雌鸽的表现　　　　　　　　　18

28. 赛鸽感悟　　　　　　　　　　　19

29. 归鸽巢外莫见水　　　　　　　　19

30. 赛鸽悟语　　　　　　　　　　　20

31. "森林黑"怕不怕鹰　　　　　　　20

32. 盛夏出鸽写真　　　　　　　　　21

33. 石板灰参赛难当重任　　　　　　21

目录

34. 首次训放起站多少千米为好　　22

35. 谁说鸽子的辨色能力强　　22

36. "弃雏不弃蛋"　　23

37. 司放地的天气　　25

38. 酷爱白鸽和红鸽　　26

39. 体质弱的表现　　26

40. 天落鸟的"重新定位"现象　　26

41. 土鸽中也有超级赛鸽　　28

42. 推迟换羽需要加光还是减光　　28

43. 育雏鸽一天应喂几次　　29

44. 喜欢"乱来"　　30

45. 小论羽色　　32

46. 一个赛鸽报到的小窍门　　33

47. 应激反应　　34

48. 有百分之百的纯血吗　　34

49. 羽色的内涵　　34

50. 石板羽色的雌鸽　　35

目 录

51. 再谈"甩大元宝" 35

52. 种鸽配对要旨 36

53. 关于国家赛放飞的建议 36

二、探索篇 38

1. 鼻瘤的嗅觉作用 38

2. 不能单纯看鸽眼的颜色 39

3. 不怕大月亮 40

4. 不要为想法所累 40

5. 不要眼睛只盯着鸽子 41

6. 雏鸽性别择定 43

7. 鸡黄与桃花之一 44

8. 鸡黄与桃花之二 45

9. 鸡黄与桃花之三 46

10. 二蛋出雄 46

11. 放老鸽 47

12. 关于"跳"的观察笔记 47

13. 花大了,可靠否 48

目 录 《

14. 酒后吐真言之一 49

15. 酒后吐真言之二 49

16. 就不说鸽之企鹅篇 49

17. 看天！看天！ 50

18. 某落伍鸽舍两问 51

19. 另类超远程 52

20. 留种的鸽子需要训赛之后才能确定吗 53

21. 慢热型 54

22. 南方春赛难 55

23. 批量育雏三类苗 56

24. 抢救"大元宝" 57

25. 绒毛飘摇 59

26. 塞药打水的先回来吗 59

27. 再谈赛鸽感悟 60

28. 三点成一线 61

29. 三关赛像三级跳 61

30. "三级跳"的四种跳法 62

目 录

31. 上海幼鸽特比环,卖一万五,上笼六千　　63

32. 随笔微型讨论题　　64

33. 台鸽的质量问题　　64

34. 淘来淘去　　65

35. 梯队用兵　　66

36. 精锐预备队在最关键的时候投入战场　　66

37. 提取要点　　67

38. 300千米与500千米的差异　　67

39. 外籍种鸽子一代和二代之间的代沟　　67

40. 晚上干的活　　68

41. 也谈回血保种　　68

42. 蚊香片事件　　69

43. 香港养鸽家的评价和建议　　70

44. "小鱼刺儿"的故事　　70

45. 血系之纯　　71

46. 训放策略　　72

47. 与网友的直接问答　　73

目 录

48. 羽色交叉定论的打破　　　74

49. 杂交或远缘掺血结果　　　74

50. 在不看鸽眼的前提下选种　　　75

51. 再谈不看鸽眼选种　　　76

52. 在龙骨及其两侧的差异　　　77

53. 鸽子是用来比赛的　　　77

54. 最新赛鸽不归原因探讨　　　78

三、意趣篇　　　80

1. 2006 年秋赛二三事　　　80

2. "苍白"与老鼠　　　82

3. "草根"不草论　　　84

4. "得意"征文帖　　　85

5. 发现"焦羽丸"　　　86

6. 鸽缘　　　87

7. 鸽子的归还方式　　　87

8. 隔夜回的养不养　　　88

9. 关于赛鸽杂交育种的学术讨论会　　　89

目 录

10. 光剩下玉米　　　　　　　91

11. 黑舌　　　　　　　　　　91

12. "胡本"稀便　　　　　　　93

13. 建议养一只白鸽　　　　　93

14. 今天打最后一次 500 千米　94

15. 就不说鸽之 GPS 篇　　　95

16. 考夫曼的鸽子叫挺拔　　　95

17. 考夫曼现象　　　　　　　96

18. 南下北上纪事　　　　　　97

19. "秋茬儿"　　　　　　　　97

20. 深羽色　　　　　　　　　98

21. 深羽毛糙与绛鸽大条之磨损　99

22. 14 羽台鸽,10 分钟　　　100

23. 石油灾难　　　　　　　　100

24. 数据啊数据　　　　　　　101

25. 俗话说　　　　　　　　　102

26. 宿命论　　　　　　　　　103

目 录

27. 小窍门   104

28. 新"屁股理论"出台之前后   104

29. "英雄"   106

30. "早老症"   106

31. 种鸽的年龄与产地   107

32. 自从我不进种鸽了   107

33. 自然弄人   108

四、杂感篇   109

1. 168 报到方式使用感想   109

2. 奥运赛与哈密赛之异曲同工   110

3. 不抗推敲   110

4. 不是绕口令   111

5. 双差生   111

6. 该引进就老实引进   112

7. 鸽队如球队   113

8. 我们鸽界的研究方向   114

9. 鸽子是私有财产   114

目 录

10. 供奉"国血"   115

11. 国产鉴鸽术回放   115

12. 借鸽子   117

13. 还在借鸽吗   118

14. 截借   118

15. 不拍不买记   119

16. 借鸽之续   121

17. 借鸽之续后续   122

18. 精力用在——   123

19. 我们精通什么   124

20. 就不说鸽之德国兔篇   124

21. 就不说鸽之海龟篇   125

22. 就不说鸽之河马篇   126

23. 就不说鸽之科学有国境了   127

24. 老外的东西为什么可靠   129

25. 论不读鸽书   129

26. 买不起鸽子   130

目 录

27. 没有育种概念的两种概念　　　130

28. 男足赢朝鲜的感想　　　131

29. 脑子产品——笼门朝哪儿　　　131

30. 你家的村松白呢　　　132

31. 叛到我家的"徒"　　　133

32. 品系学小品　　　134

33. 前名次女足的"品系"　　　135

34. 新年祝词拉杂谈　　　136

35. 赛绩与血统　　　137

36. 丧志与否　　　137

37. 闯关东的"后遗症"　　　138

38. 什么都知道的结果　　　139

39. 誓死捍卫优良品种　　　139

40. 说到回血　　　141

41. 速成的超远程品系　　　142

42. 为什么要从头再来　　　142

43. 辩证法　　　143

目录

44. 我也发现一个问题 — 143

45. 续说眼睛与鸽子 — 143

46. 血统与铭鸽 — 144

47. 养鸽十年来的感悟 — 145

48. "一定的难度" — 146

49. 适度规模 — 146

50. 一引到底也是一种战略 — 148

51. 危机四伏鸽舍 — 149

52. 亦步亦趋,不是创新 — 150

53. 优种的下场(一) — 151

54. 优种的下场(二) — 152

55. 有所为有所不为 — 154

56. 育种与遇种 — 154

57. 杂鸽子的用法 — 155

58. 中国鸽友崇洋但不傻 — 155

59. 中国能否成为赛鸽育种国家 — 156

60. 中国人与英国人 — 157

目 录

61. 种的概念   157

62. 必丢的"核弹头"   159

五、人物篇   160

1. 羊城拜访祝匡武先生   160

2. 岭南之眼(一)   161

3. 岭南之眼(二)   162

4. 纪念树林先生(一)   162

5. 纪念树林先生(二)   164

6. 解剖考夫曼   167

7. 考夫曼的过人之处   167

8. 考夫曼的东西   168

9. 慕利门晚年的"佳作"   168

10. 考夫曼的绝活儿   168

11. 怀疑夏拉肯   168

12. 信鸽选种之参考   169

13. 詹森与李梅龄的异曲同工之妙   170

目 录

六、公棚篇   173

1. 公棚决赛演老戏,"三百"年年来搅局   173

2. 公棚老板的只言片语   174

3. 公棚拍卖旁观   175

4. 公棚赛后"拍人会"亲历记   176

5. 公棚探视学   178

6. 公棚训放大量失鸽的原因探讨   179

7. 济南东郊章丘公棚训放百公里
   丢失半数的原因   180

8. 公棚专鸽   181

9. 实施刮条   182

一、原理篇

1. 300 千米距离不能上

有的人胆子大！凡事对不对都敢吆喝。

拿张报纸！拿好了！凑眼前！念！看不清吧？

报纸给我！往后退！念！看不见吧？

——远了近了都不行。

赛鸽的训放和比赛距离同样。近,50～200 千米,比赛拉不开栓;300 千米,定向困难;远,2 000～5 000 千米,回不来。

适宜的距离在 400～800 千米,1 000 千米可以比赛,归巢率经常达不到50%。

【随笔,07 年 9 月 25 日】

2. 把蛋洗一洗

鸽蛋不能洗? 不可能吧! 夏天出小鸽子时,经常用水洗一下,都没事的,小鸽照样出。

您真会说,快出壳了您冻一晚上都没事,出来以后可不行。但是,刚出壳的雏鸽能坚持数小时,能暖过来,还不感冒,还不得偏瘫和关节炎。

扯远了——不是想表现表现嘛!

鸡(等的)蛋在酷暑条件下至少能保质1个月,老太太都知道,没有问题。有了裂缝就完了,别说老太太,苍蝇都知道——不抱无缝的鸡蛋。说明要隔绝空气,但是蛋要孕育生命的,胚胎要在其中呼吸,所以蛋的外壳上有微小孔洞,透气,是单行线,里面能换气,外面的菌类进不去,带一层极薄的蛋壳膜(保鲜膜),大自然就是这样奇妙和精致!

膜不破,保鲜很久。感情都设计好了! 您早早将保鲜膜洗掉! 您想干什么? 无非搬起石头砸自己的脚罢了。埋怨外国人干甚? 人家有一个脑子,咱的脑子也不是半个,您说是不? 外国人还说了:"与其相信上帝,不如相信自己"(美国人的谚语)。您怎么还上这个当?

【随笔,06 年 8 月 28 日】

3. 败阵之将亦可言勇

由于种种不得已的原因,今春自家鸽子仅训了3站,一站60 千米,两站120 千米(号称)。起站300 千米出差没能参赛,鸽子也趁机休息了2 星期,面临500 千米比赛,若不上,再下站700 千米了! 相当于从小学直接"跳"高三,还有好几只从未参赛的呢!

上! 带着一串科研课题,18 羽鸽子500 千米上笼了,训练不连贯，站距不合理，一站上 500 千米，没有把握，谨慎选择大奖赛的鸽子，18 羽里面指定了 5 羽，只占总数的 27%。观察表现、巢态等，综合考虑，这次没有血统的成分在内（哪个是"坏血统"啊？）。

整体速度果然不行，没有什么有效名次，花比赛钱，行训放事而已，意料之中。但自己跟自己比，同等条件下，一串数据分析下来，鸽子的表现还是能说明问题的。

当天回 12 羽，次日回 4 羽，在外 2 羽，总归巢率 88%。看此数据，500 千米在训练不良的前提下，好天气鸽子基本可以轻松拿下。未归的两羽，一羽是复放的雌鸽，一羽是初放的雄鸽。

虽然鸽会那里没有好成绩，可以欣赏一下自己的数据：归巢的第一羽是大奖赛的选手，第三羽是，第六羽也是。前名次中出现平均每来 2 羽，就有 1 羽大奖赛的选手；来 3 羽，有 2 羽大奖赛的选手；来 6 羽，有 3 羽大奖赛的选手……自己觉得押得相当满意了。

飞在前面的，属于状态加巢态双优的（优的程度有差异），单纯看巢态，不保险。

没有巢态的，状态好也能飞在前面，第一羽归来的雨点砂眼雄鸽，是第一次参赛的处女航，没有固定配偶，只是观察其棚中追雌极旺，捉看指标良好，大胆指定其为 5 羽大奖赛的选手之一，没有参赛经验却第一羽飞归。回不回是能力问题，快不快是状态问题，复放不归也是状态问题？这点没弄准。

比赛就是血系的检测站，同样条件下，谁先归，谁后归，尤其是未看好的飞得快，就要考虑血统和血系原因了，可以作为以后分析的依据。第一羽小雄鸽,查了电脑数据资料,才知道又是考夫曼系的鸽子,这不奇怪;第二羽赛前未看好的灰雌鸽,原来有胡本血统;第三羽是双詹森系,第四羽又是胡本系……数据是打出来的,很有说服力。

满怀信心挑出4羽自己认为有把握的雄鸽参加700千米比赛(比上次500千米信心更足),预料到天气不好,否则还要多几羽的。被坏天气挡在"地头"了,估计最终那"挑出来的"状态,也完蛋了。

窃以为这就是"玩儿鸽子",自有其中乐趣,也是不愿意专打公棚的原因所在。

【随笔,08年4月19日】

4. 那叫一个"弹"

将"麻雀"鸽舍提供上手的种鸽全部细心和悉心"手感"了,真有手感啊!参照物当然是自己棚中和非天津福英联合鸽舍种鸽的手感,对比么!两个感觉:一是软,二是统一。无例外。

没有肌肉硬的,大也不硬,胖也不硬,没有压手的,软而轻。其实,说软也不是太准确,严格说是不硬而有弹性,富有生气、富有活力的弹性,给人以信任感的那种弹性。

笔者觉得不是偶然,天津福英联合鸽舍的两位"住持"为什么在选择种鸽时把握这样的弹性?回家把自己的鸽子也捉摸筛选一遍,确实想弄个明白。

【随笔,06年8月25日】

5. 比 例 失 调

"七月流火,八月授衣"。

农历七月流火天,还非要出去走走,公私兼顾吧!道中好友欲赴华北某种鸽舍购鸽,力邀笔者带路认门;自己也想拜会京津一带鸽界领导精英,搞点调研,充实自己的头脑。

欲解剖的"麻雀",选定天津著名的福英联合鸽舍,这一解剖不要紧,问题更多了,简直成堆!特聘福英联合鸽舍天水一方先生在本栏目开精英讲座,我等共享鸽艺提升之福祉!

看福英联合鸽舍的规模,容纳 150～200 羽种鸽应当没有问题,但该舍只有大约 60 羽赛鸽,月龄看上去相当整齐,而种鸽仅有十几羽,比例严重失调。这个现象的背景是什么?请天水先生不吝赐教,也请读者细细品味。

【随笔,06 年 8 月 24 日】

6. 一样钱要大的

话说福英的种鸽群远远一看,外环呐!全部个头偏大,雄壮!雌鸽也是这样。捉看除了足环,其他指标一如外环鸽,只胜不输。怪不得一说育种难,天水一方先生就不高兴听。咱就不说什么福英系了,避免有关同志晕船,确实整齐划一!

非外环说明是实战派种鸽,是实战飞出来的都这样偏大呢?还是实战以后将偏大的留下来做种,淘汰小个头的?

对天水一方先生来说,回答这样的问题太简单不过,来个竹

筒倒豆子？善莫大焉！咱肉眼凡胎，只看见大。

【随笔,06 年 8 月 25 日】

7. 种 鸽 眼

古今中外使用赛绩鸽做种鸽，像小孩生下来就会吃奶一样自然。现代短中距离快速鸽甚至许多赛绩鸽，眼砂细、色淡、匀，各圈对比过渡不明显，与传统干、老、油、亮有距离了，给人以两码事儿的感觉。

"福英联"的种鸽看过，虽然赛绩鸽不少，但眼砂很复杂，别提淡、匀、细啦！有的简直是此眼只应天上有，人间哪得几只寻！天水一方先生在笔者看典型鸽眼的时候，不说话，我抬起眼睛时，他们在那里微微点头，颇具深意，只可意会，不可言传呐！

看毕"福英联"的种鸽，笔者坚定了这样的信条：赛绩鸽做种鸽，也要根据眼睛结构做进一步筛选，决定录用或弃用；即使以赛绩为前提，也有种鸽眼与赛鸽眼之分。

【随笔,06 年 8 月 30 日】

8. 比佛丹的算术(一)

几天前，有幸搜集到荷兰著名赛鸽育种专家海尔曼·比佛丹先生选种育种讲座的片段。先生言(大意)：作为引进手段与方式，你买来一羽货真价实的、但非出自几十年具备优秀育种能力形成的冠军家族鸽舍的冠军鸽，作为种鸽与你家里的鸽子杂交，成功率只有约 20%；若引进冠军家族中血统纯正的种鸽与你家里的鸽子杂交，则成功几率高达 70% 左右。

印象很深。

【随笔,06 年 12 月 14 日】

9. 比佛丹的算术(二)

《詹森育种原理》中有一篇"比佛丹的绝学",言他的巧妙育种办法。至今比佛丹仍坚持其既定的方针和路数。以算术(一)中的理论,好的鸽子配来历不明确、血统不沾边的赛绩鸽,血统只有 50% 的遗传,而成功率则仅有 20%。

假若用好鸽子的同父异母平辈再拉回来,则好鸽的血统在理论上可积聚到 75%。按照比佛丹给出的数据,成功率将提升至 70%。

【随笔,06 年 12 月 17 日】

10. 舶来品质量是否可靠

见到过公棚拍卖场面吗?只要外环鸽子能参拍,无论什么名次,拍价立即大幅度上扬,50 名以内的选手鸽,价格超过国环冠军那是屡见不鲜的。一般以为是崇洋媚外心理,实际上是对外环鸽深刻而固定的认识,源于外国同行们既赛且种,交叉伴随前行的育种方式。

所以,远洋轮上载来的外环"天落鸟",基于那种做育方式,来源血统没有问题,质量上的差别可忽略不计,总体本着"可靠"两字为使用原则,一定数量中筛选,成功概率很大,优于台鸽,优于本地"天落鸟"。沿海辉煌型鸽舍,如此成功的相当普遍。

若能准确选择会取得胜利。

【随笔,07 年 8 月 31 日】

11. 春节与赛鸽的关系

本标题看上去是牵强附会的,实际上确实有些关联。

2006 年的春节在 1 月 29 日(大年初一),2007 年的春节在 07 年 2 月 20 日前后,与 2006 年相差 20 多天。春节的具体日子在阳历上每年不固定,在北方感觉气温差别不大,在南方就有质的不同了。

有的鸽友思想意识方面受春节的影响较大,过了"年",就急急忙忙开始在鸽棚中操作起来。还有的鸽友,习惯以节气为准绳,按计划进行全年的竞翔操作;同时,认为春节和节气是一回事,甚至认为春节就是一个节气,春天到来了的意思。

按节气操作鸽事是对的,是科学的。春节是一个农历节日,风俗习惯性质,与四季冷暖之间没有必然联系,要不是阴历经常闰月追赶阳历,春节会跑到夏天去的!每年 2 月 4 日为"立春"节气,万年不变,是春天正式到来的意思。每年的 3 月 6 日为"惊蛰"节气,意味着冬眠的虫兽苏醒并开始活动。假若你习惯每年这时候配对出小鸽,可以年年气温差不多,时间固定,光照时间相同,可比性强。

信鸽协会的竞翔计划,春季也不应该受春节的影响,按节气来规划,最好在每年的阳历上固定下来。曾有科学家建议将每年的春节定在 2 月 4 日"立春"这一天,或者固定于每年的 2 月 1 日,但遭到一些人的反对,没有得以施行。笔者是举手赞成的。因为,春节在阳历1月时,当年春"脖子"就长,农民过年后春忙从容;春节跑到阳历2月时,当年春"脖子"必短,过了正月十五,阳历已经3月份了,农活将农民撵得上气不接下气。因为平均文化素质的原因,搞不懂天文原理,也不想弄明白,还无端地极其顽固,被原本不存在的春"脖子"愚弄了数千年,至今还蒙在鼓里。

主要的意图是让逐渐崇尚科学养鸽的朋友们,在春季做育方面,每年能有一个固定、从容、科学的时间节奏。

【随笔,06年1月27日】

12. 次蛋为雄现象

因为一度笃信"孵独蛋,金不换"理念,不采取两个雏鸽都出壳后挑一个好的留下,而是把每窝两个蛋拿掉一个。次蛋"新鲜",所以整个繁殖季节,所有雏鸽均为次蛋所出。这批幼鸽长大后,印象中没有一羽是雌鸽,全部为雄。歪打正着得出"次蛋出雄"的结论,不知各位鸽友有何赐教。

【随笔,03年12月18日】

13. 冬季喂水

北方冬季喂水是一难题。隆冬时节,曾经将盛水的搪瓷平底碗冻得碗底胀成弧形,而鸽子根本喝不到水。后来使用塑料饮水壶,配了"隆菲尔"的电热底座,冬季一直通电,气温高时还行,寒潮一来,基本还是冻住了,只有壶心外围的一点点水,在电热温度下保持未冻状态,也是接近冰点,鸽子喝了有啥好处?

原先冬季喂水的指导思想是鸽子需要喝"常水",棚中不能断水。今年改喂一顿食,看鸽子吃完食去壶边一阵狂饮,感觉它们也有"储备"的意思。为什么不训练鸽子在冬季只吃一顿的同时,一天也只喝一次水,一次性喝饱呢?

着手试验:每天喂食时,将40℃左右的温水置于饮水壶中,鸽子吃饱后,去水壶处大喝一气,等鸽子都吃饱了、喝足了,那水还不凉呢!鸽子很快知道了,适应了,一次喝饱。自此一冬鸽子不必饮用冷水,水壶干燥,还能防止水变质和孳生毛滴虫。冬季鸽子喝水很少,大家可以一试。夏季此法就不能延续了。

还有一个根本的解决办法,是将饲养鸽子的地方建成鸽舍,而不是鸽棚……

【随笔,07 年 12 月 24 日】

14. 杂出了什么

杂交出优势,都会吆喝,杂出了什么优势?

赛马杂出了体力,提升了速度;蛋鸡杂出了生产性能,提高了产蛋量;赛鸽也杂吧!杂得聪明,飞得快,拿大奖。

且慢!聪明就拿大奖? 有可能聪明用在了抢食、占窝、躲避主人捕捉上了。

杂出来的聪明不好使,精神大了是个彪子(也有写成膘子的,意喻弱智),训放不到 200 千米就再见了,有什么优势? 拉出去以后的定向、定位功能或曰本能也能"杂"大发了?

你以为什么都能杂出来啊!?

【随笔,06 年 5 月 31 日】

15. 二 黑 家 飞

天蒙蒙亮和天蒙蒙黑非自然驱赶强制飞行的一个共性,就是产生了安全感危机。由于鸽子拂晓就被轰出鸽舍,天还没亮就没有安全感了;天快黑了硬是不让降落回棚,仍然没有安全感——恐惧感持续上升,形成习惯——练反了。对棚舍的恐惧感是"致命"的,自己导致竞翔鸽即使正常时间回来了也迟疑不敢进棚。

天怎样算亮了,所有鸟类当然包括鸽子,都有自己的生物钟。你晚上忘记关上跳笼门,鸽子也不是一大早就集体出笼,而是到了它们自己认为适宜的时间才集体起飞,最初出棚的在附近盘旋,等待大家陆续出来,集体结群起飞。晚上啥时进棚,道理一样。你强制不让进,造成应激反应,鸽群仍在飞是不假,飞得急,飞得挤,飞得慌乱,翅膀频率快是事实,但煽动幅度小,飞姿不正常,圈子兜得低且小,视线不佳,心理不稳,队形密集,当然容易撞障碍物。前面有鸽友提出此问题,但仅摆出现象,没有分析,没有上升到理论高度。

反自然的措施基本不是好措施。鸽会的训放员都知道,鸽会主席下令天蒙蒙亮时"开笼",还打一枪,但鸽子认为时机未到,根本就不出笼!很不给主席面子。

最好的方法是因势利导,顺其自然。当你来到跳笼前,鸽子个个都跃跃欲试,你一开笼,鸽群以撞翻你的气势倾巢而出,肯定家飞质量错不了,高度、速度、频率、心态、时数,都最像比赛途中飞的状态,比那两个违反规律的"蒙蒙亮"要好得多。有时,

看情况来个欲擒故纵,蓄势待发:有意几天不开笼,将鸽群"憋"上一段时间,像拉足了的弓弦。忠告:您憋完了开笼时,一定要迅速闪避,否则被鸽群撞成重伤,医药费用自理,本人不负任何责任。

【随笔,08 年 3 月 17 日】

16. 鸽群是有档次的

战前判定状态,是预测自家参战鸽战时表现的方法而已,它以自家鸽舍的实力为平台,丝毫也不能改变某一鸽舍的综合实力,以及在所属信鸽协会范畴内的实际位置和档次。比赛前选谁上阵、谁不上阵,能节约资源,但不能在鸽子的实有水准基础上提速。也就是说,好比您能在一批夏利轿车中相当准确地选出车况最好的,但您选出的速度最快的夏利车终究跑不过车况也好的奥迪 A6。不过,若您整体检测并结合实战反复对比确认,如您拥有的是一棚"夏利",那就需要果断换"车"了。

【随笔,07 年 10 月 22 日】

17. 鸽子的自备 GPS

鸽子定向的关键位置在于出笼地,也就是司放地。比赛结果如何,完全取决于司放点的局部天气,多云见点儿蓝天,没有阳光直射也行,结合地磁感应(自备 GPS)就 OK 了。半路只要不下雨,临近巢区只要不下大雨,效果一般很理想。300 千米左右距离是赛鸽自备 GPS 的普遍盲区,像移动通信的两个发射基站的信号覆盖结合部,通话信号不良的感觉,好天也使不上劲——不是光靠天吃饭呐!

【随笔,05 年 10 月 9 日】

18. 赛绩鸽作种

认为不要好的赛绩鸽就是好种鸽,要试试看,客观对待,有一定的概率。试验证明了也是好种鸽的,比较那些作种不理想的,看看差别在什么地方,提升自己的鸽技。要用脑,要有心。

【随笔,08 年 3 月 3 日】

19. 好赛鸽是不是好种鸽

此论题不便于下结论。

分析:好种鸽已经检验出来了,英雄莫问出身,当年是不是好赛鸽就不必追究了。——考夫曼的幼鸽,七关亚军,"米兰"号灰白条砂眼雄鸽,看血统好像还不是考家主流,没有遵循考夫曼制定的配对方案,引进后自由恋爱,随便一配,首窝直子即夺中国郑州国家赛 600 千米级全国冠军。

好赛鸽们,你就是质疑它成为好种鸽有一定的不成功因素和概率,也不妨碍全世界"道"上的朋友,纷纷把它们送进种鸽舍——可靠性大呀!

随便一说。

【随笔,07 年 9 月 14 日】

20. 好种鸽 VS 好赛鸽

网友北方人先生扯远了(不是胡扯的意思),但字里行间却

在重复证明笔者原帖要诠释的东西。原帖的名称里有个"不一定",没有非东即西的意思。总结原始用意,无非提示一部分误认为好的赛绩鸽笃定是好种鸽的鸽友多个心眼,深层次认识一下问题。硬要比例比例,即使好的赛绩鸽中有 20% 不是好种鸽,这个帖子也值得发。再说,不断有年轻的参与者进入我们的队伍,限于这些人的阅历和养鸽水平,要适时将有点儿提示性的、引发思考的意见转达给他们。

至于胡本"年轻艺术家"的后代,赛绩线延续下来的,就有家谱,延续不下来的,悄无声息。没见有谁问:"'年轻艺术家'的同窝干什么去了呀?"原谅笔者问得有些不识相。

【随笔,08 年 3 月 4 日】

21. 换羽时的伙食标准

数年来脑子里只有一种换羽时的饲养模式:先喂粗饲料,"清除"饲料,营养标准降下来,鸽子的羽毛脱落快。然后,集中喂高营养饲料,使得鸽子新长出的羽毛亮丽优质。长考:羽毛又不是掉秃了旧的才长新毛,新陈代谢是一个衔接着的过程,粗饲料和细饲料的接续点在什么地方? 再说,鸽子换羽是一个大致过程,有的开始早,有的开始晚,个体之间有差异,你"嘎蹦"一下换了饲料成分,怎么能都对付准确? 今晚和几位朋友在酒店闲谈,谈起这个问题,又是意见不统一,若干方案纷纷扰扰。争论中忽然自家脑袋里"嘎蹦"一声,涌出一个念头:谁来揿动鸽子换羽的按钮呢? 老天爷呀! 根本不是我们使用营养成分偏低的饲料后,使得那羽毛长不住了,纷纷掉落的。鸽子是为了冬季御寒,甚至是当初可能有的秋季迁徙,为顺利长途飞行而更换更得力的羽毛,至今还保留着那习惯节奏和周期,才大体于"立秋"前后一段时间提前开始了换羽历程的,不关饲料的事,这是问题的关键。

于是宣布:笔者现在开始主要提供营养饲料!跟小孩换牙一样——是恒牙萌生将乳牙顶掉——笔者当初换牙时就是这样的过程。得用好料供给赛鸽长新毛,促进换羽进程,加速新陈代谢。另外,秋季的主力幼鸽正处在长身体及肌肉、骨骼发育的关键时期,80%的低营养"清除"饲料,对这个过程有什么直接帮助?你愿意喂没人拦着你,反正我不以"清除"饲料为主了,我要加料了!我觉悟了!我决定了!我想通了!

其他人没有明确表态——他们一定是回去加料了!从明天开始。

【随笔,07 年 8 月 6 日】

22. 极 端 近 亲

(1)极端近亲并非只能种用,也可以比赛(恶劣天气长时间压笼状态下除外)。

(2)眼砂(色)类型不同,可能是唯一可以用肉眼看出的差异(羽色相同),一黄一砂的话,可能体现出祖代遗传机制的分离和差异,一定程度上有助于判定是否出现近亲退化的概率。

实践经验,近亲退化的表现有时出现得很早(没等到出窝就瘫痪了),有时出现得较晚,有时没有明显表现(可以认为是正常的)。

【随笔,07 年 4 月 27 日】

23. 家飞与放飞

鸽群家飞自行运动,可能有 30 千米之遥。捉笼外运,在某地点"扔出去",即使仅有 5 千米,那感觉也完全不一样,属于"应激反应",注意区别。"群扔"与"单扔"差异极大,更应注意区别,要做到心中有数。

曾经有一次在家门口同时"扔出去"两只从未训放过的幼鸽,那距离近得可以清楚地看到自家鸽棚乃至棚门踏板,但它们还是分别狂飞拔高,不知去向,半日后才先后归来。

【随笔,07 年 3 月 26 日】

24. 近亲病

某年春天,莫名其妙地死了 1 只 1 岁的鸽子,是从烟囱上掉下来迅速死去的,之前无任何疾病征兆。

思考再三,这只鸽子是近亲出的。无心插柳的近亲配,原来看上去一直"正常"。

还有有意识的近亲配。一个配对组合的头窝直女和次窝直子都取得了好成绩,将同父同母的上下窝姐弟有意搭配在一起,出了一对近亲鸽,那是相当得近!长得既像父亲又像母亲,一年内情况正常。一年稍多,雄的有毛病了,消瘦,懒飞,渐不食,终口鼻流血而亡,不治之症(那从烟囱上掉下来暴毙,"无疾而终"的近亲鸽,应该也是这样的道理)。雌鸽则一直很好,戴特别的足环,自家用,不比赛,后代很好用,既快又稳,现仍很正常。

观察实践结论(自家的):近亲鸽的抗病力弱于远亲和杂交鸽,血统太近,会出现一定概率的先天性疾病,可能与遗传物质缺损有关。

此事也并不尽然,有些近亲后代,抗病力尚好,好的遗传成分浓缩,种用价值高。

与大家坦诚讨论,可能有许多朋友对此有更深刻、更丰富的经历。

【随笔,06 年 6 月 30 日】

25. 近 血 配

比利时名家狄尔巴说过:"我繁殖有血缘关系的鸽子,不是父女或母子配对,但是兄弟姐妹没问题。按我的经验,异血交配最好的鸽子 10% 有好的后代,但是近血交配约有 60% 好的后代。"

上海李梅龄博士一贯主张"近亲差异配"理论,要求有血缘关系、有赛绩的平辈在羽色、眼睛、习性等方面的差异性交配;吴淞汪顺兴总结培育种鸽的手法,常与深奥的遗传定理不谋而合,创立了"同质异相、异质同相"的交配方法,在近交、远交、杂交中运用达到出神入化的地步。

【随笔,08 年 1 月 16 日】

26. 开 家 两 派

一个繁殖季节做出的幼鸽,总有丢失的,只要不超过鸽主能

承受的概率就行。

观察开家的幼鸽也分两派。一派是开家时机适宜时也很莽撞，一飞冲天，跌跌撞撞地乱落，见房就落，见鸽群就跟，见鸽棚就进，有的能回来，但丢失的概率很大，让人担心。另一派看似胆小，其实是谨慎，出棚时早已定准自己棚舍的方位，轻易不起飞，大群集体炸群式起飞也带不起来；自己上天转几圈也不乱落，歪歪斜斜也要落回自己的棚门踏板，然后飞速钻进去，顺利完成一个循环，这样的幼鸽不容易丢。最近出了一对考夫曼血统的幼鸽，两只都是这样的秉性，开家感觉很放心。大家自家的感觉如何？说说看……

【随笔,06 年 7 月 19 日】

27. 老雌鸽的表现

棚中有一羽 1998 年夏季出生的雌鸽，后代表现优秀，一直用来繁殖。8 岁左右时，感觉配对、产蛋、孵化、哺育都还行，但蛋的个头明显变小了。后来，产蛋时间稍推迟，双蛋仅受精一个的现象开始出现，以为是近亲保种血缘近的原因，但配没有血缘关系的年轻雄鸽也是这样。2007 年秋季开始出现双蛋不受精现象(9 岁半了)。精神、活动、反应等还一切皆好。再后来，产蛋蛋壳薄，孵几天就损毁在巢窝里。

母子配的后代，羽色、体型、眼色相似程度大，后代活力基本正常，但稍逊于杂交鸽子。祖孙配(孙子为儿子配女儿的后代)的后代，极近亲了，还是基本正常。近亲后代个头稍小，龙骨稍短，胆小，出棚晚，飞翔欲望不太强烈，有点神经质。

直系近亲后代还未使用,将来有资料了再给各位汇报。

【随笔,07 年 12 月 4 日】

28. 赛 鸽 感 悟

鸽界流行一种饲喂方式,长年供应以稻谷和大麦为主的"清除"饲料。鸽子如果只给稻谷和大麦,营养会不会不够?新长出来的羽毛质量会不会较差?很多鸽友的种鸽只喂稻谷,若不看饲料桶,光看鸽子很难察觉吃得那么差。若要补充营养,一般在褪毛的末期,稍予添加种子饲料或少量维生素,效果立现。因此,褪毛期饲料的调配,稻谷和大麦至少达到 75%,甚至 90%,剩下的配比,加少量的高粱或其他种子饲料即可。

褪毛期是这样,比赛关键时段呢?

【随笔,07 年 2 月 25 日】

29. 归鸽巢外莫见水

2008 年春季的一次 500 千米比赛,本棚第二羽归巢鸽是一羽第一次参赛的小雌鸽,飞回来落在棚顶喘息,没有立即进棚的意思,稍微驱赶一下,飞到棚边的杂物棚上,笔者躲在一边看,它长时间在低头饮用棚顶一个雨水坑中积攒的雨水,喝了好长时间。随后才抖擞羽毛,慢慢从跳笼进入棚内。

结论:比赛时,鸽子归巢之前要把棚外所有水源处理或遮盖,外面的散粮粒也要打扫干净。曾经有归巢鸽落到地面捡食散落粮食颗粒而耽误了进棚打钟的报道。

【随笔,08 年 4 月 28 日】

30. 赛 鸽 悟 语

　　强健而有爆发力且体能正处高峰的选手鸽飞得快,它不是跟在鸽群后面,而是飞在前头,所以它们不会受鸽群的影响,应该转向的时候就会转向,这是飞得快的鸽子从正确路线归巢的原因所在。

【随笔,07 年 2 月 25 日】

31. "森林黑"怕不怕鹰

　　田鼠和黄土地一个颜色,而且还长得很小,鹰在千米高空盘旋却能"看见"它! 原以为鹰的眼神贼好使呢! 后来科学家才研究出来,鹰类能灵敏感知哺乳动物因体温而辐射出的红外线。

　　蛇眼睛的视力很差,但眼前部颊窝部位有热源感应接受器,癞蛤蟆从不远处路过,蛇能感受到温度与周围环境的差异,锁定移动热源进行捕捉。

　　鸟类是由爬行类演变而来的,它们有很多相似之处,如某些乌龟的喙与某些鸟类的喙,简直可以拆卸互换。笔者曾亲自试试赛鸽有无热源感应功能,结果是不能否定。当将手伸向孵蛋的种鸽时,它会用喙啄你的手背,如用衣袖遮住手背部分,按理说它们应当啄手背处的衣服了,可它们转而攻击你的手指头——攻击热源,晚上更明显。

　　傍晚来一羽"天落鸟",看上去很好,待天黑以后去抓。有经验的鸽友会记得,用长柄网扣远比用灵巧的双手捕捉成功率高——还是热辐射,因为人有 37℃ 的体温,凑近黑暗中的"天落鸟",虽然它眼睛基本看不见,嗅觉也基本等于零,但它已感知人(或者是猫)过来了。

那云南昆明的"森林黑"鸽的羽色具备隐蔽功能是人们的想当然,你就是给它戴上钢盔它看见鹰也要跑的,那是与生俱来的本能。黑色羽毛的鸽子能没有了体温?你太小看鹰隼了!顺便嘱咐一句:假如训练鸽子不怕鹰要 10 年,满棚鸽子都统一成黑羽色给我半年就够了。再顺便挖苦一句:你就是繁殖出迷彩服羽色的赛鸽,它还是怕鹰。鸽棚前挂上"一不怕苦,二不怕死"的牌牌儿说不定能略微改善状况。

【随笔,05 年 2 月 23 日】

32. 盛夏出鸽写真

如今这黄道吉日(8 月中旬),鸽棚里出的是猴子吧?满身粪水,细长的脖子,永远在吱吱叫,喂死不再增大(老处在 13 天大小的身量),窝里苍蝇一个加强排,巢箱里的环境呈稀粪喷溅状,气味掩鼻不及。老鸽子鼻子赭石色,湿漉漉的,半累半病,永远也完不成这窝任务了……

不杀怎地?!

【随笔,07 年 8 月 13 日】

33. 石板灰参赛难当重任

本棚所出的石板灰羽色鸽试验过几次,成绩平平,定向能力一般,速度也一般,但平辈、同窝的非石板灰羽色鸽,表现则可圈可点。怪不得老詹森家老是保存有石板灰鸽,放在后院里干活,但从不上阵……

《詹森育种原理》一书中,好像漏掉了这一章节。

【随笔,07 年 7 月 4 日】

34. 首次训放起站多少千米为好

鸽会的训放计划下来了:40 千米、60 千米、80 千米、100 千米、120 千米、160 千米、100 千米、200 千米、100 千米。

此事应有两重分析:初站训什么和训练的效果。

两项侧重点前面网友都涉及到了。

初次上阵训练的是胆量、感觉,启动未使用过的定向功能(看不到自家棚舍为度),5 千米足矣。

跟大群练的是冲出放鸽车了,其他意义不大,大部队裹挟着带回来。归巢晚的,反到得到真正的定向锻炼了。

个人总结:跟鸽会或私家训鸽车训放前,最好自己小群头近程扔它几次,都是没出远门的幼鸽互相照应着寻目标,虽归巢晚,但可得到实际锻炼。首次不必太远,反复几次。跟鸽车 100 千米以上有另一重意义了,两项结合。

次数? 有一天两训飞得好的,也有一共训放两三次照样夺冠的。

【随笔,07 年 8 月 23 日】

35. 谁说鸽子的辨色能力强

谁说的笔者也不在乎——不用在乎了。

1 000 羽纯白鸽养在一起,你都分不出雌雄,人家配对一点儿问题没有,你把一半鸽子藏起来 3 天后再扔回去,所有配对的白鸽依然可以准确辨认配偶,绝对不会眼花认错,你可得涂上颜色、套上足环才能区别喔!

雏鸽都戴上足环了,你将这个巢里的黑雏鸽取出,换上个头差不多的白雏鸽,你估计亲鸽是照喂不误呢?还是根据颜色将白雏鸽清除出去?或者啄它一个头破血流?

笔者就是从那以后不看"那样"的书的,有些书上讲的远不如自己的脑子和眼睛。

【随笔,06 年 10 月 25 日】

36."弃雏不弃蛋"

鸽界有这么一个影响范围并不广的说法,早就听到过,考虑与比赛的巢态有关,记在心里,刻意寻机会验证一下。你有心,机会就会来,机会总是青睐有准备的人。

(1)某年打 1 000 千米,棚中有一路本市超远程强豪支援的远程"把握鸽"上笼了,很有信心。在规定的报到时间结束后几天,确实看到"把握系"的一羽雨点雌鸽归巢了,正要捉住查看时,没有了!想来想去,恍如梦幻。又一日,看那雌鸽果在棚中,不消停,做笼中困兽状,1 000 千米也没累着你啊!喂食加水,那雌鸽吃饱后,在棚中上窜下跳更生猛了,这状态再放 1 000 千米,前三名的料!傍晚遂打开棚门让它们去撒欢。鸽群回来后,那状态好的不在其中!天快黑了,一羽成年鸽不回棚,什么概念?我警惕了。候着它又出现的时候,伺候着吃喝完毕,它又生猛时,单独把它捉出来,扔到空中,它盘头不打,箭一般冲西南方向直线遁去,飞行路线基本保持没有横向振幅,很快变成小黑点儿消失于视线外——西南方向几千米外就是大海,再远处连接胶州湾……看它那个姿态,路儿不近哩!我明白了,此鸽产蛋前上笼比赛,路上盘亘时间长了,归巢的路上将蛋产于某地(一个高层建筑的顶部无人角落?),两个蛋产齐后,回巢补充营养,然后再去既定的产蛋地点孵化、护蛋,往复多次……虽然那产蛋地点离鸽棚相当远,估计至少得有 100 千米以上,因为平时比赛观察天将黑时还有赛鸽归巢,说明临近巢地鸽子有感觉,奋力飞归,远了就择地栖息了,次日归。我棚 1 000 千米雨点雌鸽若感觉临近巢棚,不会将蛋产在附近的地点,本能会告诉它:自己家棚舍最安全。不得以产在外边,那是一个"坚持一下"也绝对到不了家的远距离地点。但是对于一羽胜任 1 000 千米竞翔距离的赛鸽来说,从孵蛋地点归巢吃喝,再返回孵蛋地点,辛苦点儿,麻烦点儿,不是什么难事儿了!分析到此,将那雌鸽单独"憋住",好吃好喝不让走,孵蛋生物周期中断后,它就安分了,不再出远门儿。

【注】:没有雄鸽交替孵蛋,那雌鸽自己单独完成任务,看出雌鸽对蛋的……

(2)某年为拍摄大量赛鸽从放鸽车冲出的壮观场面,跟随鸽会放鸽车连夜前往训练司放地。拍摄完毕后(照片已多次出现在竞翔杂志上),通过洞开的放飞门往整体式运输箱体中看,总有个别胆小和第一次参训的幼鸽不敢随大群飞出,遂与司放人员一起用长木杆驱赶它们。最后一羽雌鸽纹丝不动,站在笼中地网上,两足之间有一枚鸽蛋!按照"鸽界"规定,雌鸽是被严格限定只准下午产蛋的,几乎没有例外(例外有什么意义吗?)。它产蛋之前被捉上笼,推迟一段时间,产在放鸽车的大箱里,估计应在天黑后不久。千百只鸽子在周围挤来撞去,放鸽车奔驰减速刹车……它要中流砥柱般护住这个独蛋到天亮,最后所有鸽子都在身边冲出牢笼,飞上蓝天,它也不受诱惑与刺激,木杆子捅到身上了,它还坚持不动……很伟大啊!

最后的结局列位您就不用心下喊喊了,只管在考虑比赛期间利用巢态时,是注重蛋期呢还是注重雏期,再说就属于泄密了,停!

【随笔,08 年 5 月 1 日】

37. 司放地的天气

今日早晨,与放鸽车联系,200 千米几点放出? 说 7 时。天气怎样,一路还行,少云,但有轻雾。估计上午 10 时能到,9 时 40 分观,已到约三分之一! 然后陆续到达,基本单独归,也有大体同时到的,来自不同方向。

司放地天气情况乃生死攸关,决定成败。中间天气恶劣,影响速度,不影响归巢数量。巢地天气恶劣,基本无影响,但巢地有浓雾时,影响归巢鸽目视辨认自家鸽舍,还容易为异物撞伤而出意外。司放地天气差,结果比任何侥幸预测的结果都要坏。

某年东北某大城市放 600 千米,司放地晴,沿途及巢地中雨,赛鸽下午 13 时大面积归巢。

【随笔,07 年 3 月 26 日】

38. 酷爱白鸽和红鸽

红白鸽舍的主人很执著,酷爱白鸽和红鸽,一般绛鸽还不青睐,偏好"火凤凰"!名家赠送了几羽绛鸽,质量确实上乘,养着就是,没太当盘菜。

附近鸽友有下岗职工,酷爱鸽子,但好鸽子买不起,来红白鸽舍上手绛鸽,发现质量不一般,硬要讨蛋代挂环,没打算给钱。因满足了鸽主的虚荣心,也不喜欢一般绛鸽,乐得顺水推舟,皆大欢喜。说明真有识货的——需要上手检测证实。但是,小心地避开了那"火凤凰"。

白鸽子没有讨蛋的和要求代挂环的,说明中国鸽界一般对白鸽已有成熟认识,炒不起来了。也不是躲避上笼比赛,是真弄了去比赛过,确实也就是不行。留着婚礼场面放放彩鸽罢了——马架辕,驴拉套,什么牲口干什么活儿!

【随笔,07 年 8 月 27 日】

39. 体质弱的表现

体质弱并不体现在胖瘦上,主要体现在死亡率和赛后恢复速度及连续比赛的能力上。

【随笔,07 年 8 月 29 日】

40. 天落鸟的"重新定位"现象

赛鸽是具备或强或弱的定向定位功能的,可能还有阶段性的强弱差异。所以,放飞时显示回归数据不够整齐可靠。天落鸟"落草"不走了,说明它已经(暂时)关闭或放弃了定向定位功能。但它同时开启了新地址的定向主要是定位功能,测试了新址的"GPS"数据,保存了。所以,在新地址放开,它会很自信地回返新住址。

笔者有几次这样的经历:

A. 一羽幼鸽来到我棚,一两天后,赠送给新起棚的年轻鸽友充实队伍,看样子可以开家的,但一开就飞回了我棚。

B. 北京环的天落鸟流落到此地,关笼放在角落里,没有让其观天定位,约20天后送朋友做种鸽,运送的半路上逃笼了,径直飞回我棚,自动开家,不肯离开。后来朋友拿去繁殖,好多次飞回来,喂着小鸽子时也来,它二次记忆印象很深啊!

C. 朋友引到了一羽观赏鸽,凤头毛脚,纯白色,送给我玩。一时工作地点变动,离家约30千米,有养鸽条件,遂移到新办公地址圈养,某日被同事不慎放走,心想观赏鸽不认家的,丢了!几日后回家,发现它赫然已回到我的鸽棚!

感觉:定向功能是赛鸽自己说了算。启动此功能,辨认方向、地点的能力应该说很强。它要是关闭了,不使用,就变得很"傻",随遇而安(个体表现不一致)。它喜欢的地点,可在很短时间内测定数据成功,记忆很强烈,并可覆盖或取代原来建立的旧有数据,表现也是愿居新家,不再试图返回原鸽棚。但不是绝对的,在某种情况的刺激下,它有可能在某个时候决定返回原鸽棚。

【随笔,06年3月21日】

41. 土鸽中也有超级赛鸽

土鸽的个别个体在中国信鸽协会规定的比赛距离下限以内,有相当快的归巢速度,但信鸽比赛一正规化,它们就没有生存的余地了。这也是它们最终必须退出历史舞台的致命原因。

有养鸽20年以上的朋友,许多有从观赏鸽、土鸽转养信鸽的转型历程,发展方向惊人地一致。

最近有人集中怀念红血蓝鸽,笔者注意到了,想得罪它一把(反正也复兴不起来了):红血蓝鸽在信鸽竞翔运动正规化以后,假若真有价值,必定会在世界的某个地方站得住脚。假若仍在中国部分存留,以其价值,会急剧被炒作起来,一度形成高峰,然后再急剧下降,趋于一般,类似君子兰和藏獒(这次就不说超远程了)。

【随笔,07年8月26日】

42. 推迟换羽需要加光还是减光

种鸽年龄普遍大一些,一年以上的鸽子,无论几月出生的,换羽都按季节有规律了,也就是说同步进行,但一直在配对繁殖尤其是哺育幼鸽时,情况有不同。

当年幼鸽表现不一致,春季出的秋季自然换羽,夏季甚至初秋出的,刚出窝就随大溜儿,浑身的羽毛跟"毛桃儿"似的,还是由季节指挥,不能违反。但暮秋出的鸽子,冬季就不换主翼羽了,分析是营养集中提供热量,不能分配给大羽的更换了。

一年中天气最热的时候换羽,换完之后就遇到寒冷季节,很巧妙、很有预见性啊！不是温度的变化在决定换羽行为的统一启动,是渐短的白昼光照提示鸽子(鸟类)要为冬季防寒和秋季迁徙作准备了。2006 年遇到全国乃至全球性暖秋,但因为地球与太阳的位置关系是不变的,所以光照的变化与百万年前基本差不多,全球鸟类依靠日光变化换羽的遗传基因,想改也改不了,可以利用而已。

所以,是遮光(减光)促进鸽子换羽,但不是将光线胡乱搞暗或搞黑就行,而是根据季节和当时的光照时数有意识、有规律地提前缩短白昼光照时间,让鸽子误认为换羽时间到来了——利用了温度不起作用的效果,还是一个科学的、经过计算的系统工程,鸽舍也要相应改造,以适应需要。

但是,幼鸽换大条像小孩换乳牙,是自然过程,春、夏、秋季不受光照影响,冬季停止。成鸽的大条更换在 2 年以后与体羽一起直接受光照时数的控制,准确点说,受渐短光照时数的影响。

【论剑,06 年 10 月 30 日】

43. 育雏鸽一天应喂几次

雏鸽戴环前确实曾经一天只喂一次,原本也是做试验的。种鸽棚内 15 羽雏鸽,约 30 羽种鸽,后来晚上检查雏鸽的时候,喂的并不算饱,六七成吧,老鸽可是吃得很饱。次日早晨又去观察,过了一夜,雏鸽嗉囊居然比昨晚还饱！老鸽就不用捉摸了,看那行为表现即可——恨不得飞到你的脸上讨食！夜间 12 小时中发生了什么就不用赘述了。

于是,阶段性放弃一天只在傍晚喂一次的试验方案,早上也下粮,种鸽狂噬,人上班。吃完了喂不喂小的,它们自然知道。

【随笔,08 年 4 月 16 日】

44. 喜欢"乱来"

最近栏目中出现最新理论:训练归巢时的最高境界和最好结果是"一齐砸下来"。这样就等着比赛揽奖金运奖杯了。

求之不得。

训了几站,长短不一的距离,都是分散来,先是一拨状态,后是单羽状态,很不整齐。今天又训 100 千米,第一拨 8 羽(3 + 5 稍有间隔),第二拨 5 羽,然后稀稀拉拉,再后单挑儿……开始很是郁闷,这啥时能练到"一齐砸下来"啊! 渺茫! 何况有人已经爆过料,三五分钟到齐了呢!

面对现实,再次使用自家头颅分析器:鸽子的状态,即使是一家一棚的,经刻意调整,也不可能全部一致,上笼十几羽,总要有先后,此不砸原因一。

放鸽车上千百羽鸽子,谁家的都有,飞到城区分散,相互干扰吸引,凭什么你家的不散群,一齐砸下? 可能性有多大? 此不砸原因二。

昨日送鸽时自家鸽子进的就不是一个箱格,凭什么 100 千米空中飞着找在一起再砸下来? 多大的概率? 此不砸原因三。

津门老五自家自车单放始终是小群体,反复多次一天两趟将毛毛刺刺的都丢光了,形成精干部队且无杂牌军干扰,人家一齐砸下来是有根据的,你跟人家塞一车放出去铺天盖地也想一齐砸那是做梦娶媳妇净想好事儿！此不砸原因四。

爆料儿那哥们的鸽子就是一齐回来的我信，我信还不行吗？也开动自家头颅分析器过滤过滤嘛！它怎么就能一齐回来呢？原因大概在训放飞行实际距离上，咱的分析结果差不多吧？

既然不（应该）能一齐回来，分散回来就是正常结果，络绎不绝、有前有后就是硬道理！都一窝蜂了，你站在棚前瞅什么？9个人一齐冲线，数据一样，刘翔就不值钱了！我可看到两次训练都是那一个花的第一落棚！（花到什么程度我不告诉你）有价值了！有印象有数据了！再说，不少的鸽子单独归来应该是好现象，得到了单飞个体定向的锻炼和检验，你自己拉出去放舍得这样干吗？今后比赛有这样提前进行的心理训练谁知道啥时用上？我分析之后想得通！不郁闷了！

插曲：邻楼鸽友小刘，养鸽半年，状态正狂热，昨晚集鸽非要将10羽鸽子依次拿出来让给"检验检验"，不看还不行。路灯下捉摸一遍，心里一沉，来源广杂的10只鸽子还真不含糊，有一些相当有质量——看自己的有框框，看人家的无框框嘛！早上看训放鸽归，也捎带看小刘的鸽。本棚第一拨8羽落棚鱼贯进跳门时，小刘那里来一羽灰白条，因为他住一楼，棚势太差，鸽子不敢直接进棚，蹲在空中的电线上荡悠呢！前后有10分钟之久。然后小刘的鸽子陆续来到，挺齐，但都落在对面楼顶理毛。小刘来电话："大哥您的鸽子紧跟在我的第一羽后面来的！我一吹哨，鸽子就下来了！"我说你第一羽是灰白条吗？是啊！哦！我来了8个后，才见到你的灰白条呵呵！你是第九。对方不言语了。比赛时我也不怕，我楼顶棚直接降落，你那里是先落对方楼顶，还有电线和树枝,然后高兴了才落到一楼,三步曲,能否抓得住还两说呢! 你吹哨 10 分钟,不吹哨 100 分钟吧? 我不怕,踏实。不是幸灾乐祸——棚势因素对比赛来说是生死攸关的!

【随笔,07 年 9 月 13 日】

45. 小论羽色

笔者是靠慕利门的喷点灰起家的,1 000 千米以内出手百战不殆,过硬! 印象深刻!

老慕晚年干的活儿笔者看不上——走板! 硬要故弄玄虚地炒出一盘火凤凰特色菜,砸牌子! 那羽色老北京、老济南、老江浙都知道:观赏鸽羽色。跟纯种赛马不要白毛色的一样,栽过跟头的。不要讨论上多少火凤凰或者全上火凤凰结果怎样怎样——压根儿就不能上火凤凰! 从羽色上鉴别,它根本就不属于赛鸽系列。别拿绛鸽和石板灰羽色鸽硬掺和——两码事! 绛是正常赛鸽羽色的一种,能飞能种;石板灰逊于绛,能种弱飞。那火凤凰属于既不能种也不能飞的主儿——得罪老慕就得罪到底了!

詹森兄弟精明,事情看得透彻。长话短说,不谈过程只看结局。

(1) 能飞、能种且拿奖的:浅雨点、灰。

(2) 能飞、能种的:绛,不喜欢那羽色,可出手转让,虽不参赛,但总要保留一小批。

(3) 不能飞、能作种的:石板灰,后院里干活,直接不出赛。

总的结果:石板灰、红狐狸、灰,还有浅雨点(是詹森牌照的特有浅雨点模式——高! 实在是高!)都是詹森系。全部符合竞翔鸽羽色理论。

【随笔,07 年 7 月 31 日】

46. 一个赛鸽报到的小窍门

最近的一次 500 千米比赛,笔者棚中一羽鸽子悄悄地飞回来了,凭第六感觉,认为它的成绩应该很好。转了一个半圈儿,它落在棚顶。在确定它是本棚鸽后,本能地找一角落藏身,偷窥那鸽,只见它在棚顶延颈四望,须臾,没看到什么异常情况(包括笔者的身影),没听到不愉快的声音(笔者吹的口哨),没有什么理由不进棚喝水啊(吃倒是次要的)!于是它走到跳笼上,在俯身往里钻时,笔者弹簧一样跳起来,箭一般向鸽棚射去……

一番熟练操作,按部就班进行。它,本次比赛全市第三名。

不是隐蔽起来就一定能打好名次。而是鸽子打过多次比赛以后,回归落棚时会形成一个比较强烈的印象:一进棚,还没凑到水壶跟前,就被倒提起来粗暴剥离不干胶比赛胶条,剥下后一松手,鸽子就砰的一声跌落在地上……回回如此,形成了条件反射,导致鸽子归棚后习惯性惊惧,不愿意进棚"挨"那一下子。于是……

日前鸽界宴会上,有鸽友谈到赛鸽归来不进棚,趁着酒兴将笔者的本能办法说了,大家都认可,认为有价值,比大吹口哨让归巢鸽知道你的"大肆存在"要好。

大家要先分析,得出自己的结论,然后自己决定以后怎么办。

【随笔,07 年 11 月 15 日】

47. 应 激 反 应

应激反应是万有的,无论什么样的养鸽人,在首次上路训练之前,就会看到应激反应。

离上路训练还早着呢! 28 天的小鸽子,随便放进一笼子里,3 秒钟后,应激反应就开始了……

【随笔,07 年 3 月 26 日】

48. 有百分之百的纯血吗

理论上应该是有真正纯种的(纯血)的,科学上做到这一点也不是难事,但实际上笔者认为不用也不要追求纯而又纯,无意义,也不应该。正如空气中只剩纯氧了,地球上的生物未必适得了。所有细菌都没有了,好像不会得某些细菌感染的疾病了,但一定有另类的疾病产生。纯系的抗病力比杂交的一定要差。

鸽界就有大师从来不顾及血统和品种品系(当然有原始的来源),也不注重眼砂和翅膀形状,唯只认将赛绩绝佳的赛绩鸽配在一起,考夫曼家就已经多年这样干了。

【随笔,07 年 10 月 15 日】

49. 羽色的内涵

笔者认为:纯白羽、火凤凰、石板灰羽毛(色)的,不敷实战,前两者即使做种也不称职。

【随笔,08 年 3 月 9 日】

50. 石板羽色的雌鸽

家里有两对种鸽,巧了,雄的都是灰鸽,砂眼;雌的都是石板灰鸽,黄眼。第一对怎么出,都是一对灰;第二对则两个后代中总有一羽石板色,还总是雄鸽。

现象说明,第一对中的雌鸽,羽色遗传性能弱;第二对中的雌鸽,遗传能力相对强。有趣的是,第二对中的后代,出的灰鸽总能飞得好,出石板灰鸽就不行。

【随笔,06 年 6 月 23 日】

51. 再谈"甩大元宝"

鸽子将翅膀向两侧上方展开约呈 45°,固定不煽动,在空中借助气流滑翔,被形象地称为"甩大元宝"。多见于成年雄鸽。

这个问题极好回答:"甩大元宝"除了状态原因外,还是个很情绪化的动作。鸽子家飞远遁离开鸽主视线,以至于走趟数十千米之外,对鸽群来说这是个可控状态下的应激反应,鸽群本能地因缺乏安全感而变得很谨慎,飞速、飞姿也与在巢地家飞明显不一样了,不会"甩大元宝"的。只有在晴朗天气,能见度极好(天气状况影响鸽子情绪,也影响鸽子定向归巢能力)的情况下,鸽子在空中位于巢地上空或附近,天空中鸽子可视范围内没有鹰隼、风筝等"威胁性因素"的踪影,在部分雄鸽身上,才出现"甩大元宝"现象。

【随笔,08 年 3 月 1 日】

52. 种鸽配对要旨

（1）配对要选用早熟的鸽子为种鸽。一般詹森系中的鸽子比较早熟，如红狐狸、贝克詹森、克拉克詹森、鲁道夫、桑杰士等。

（2）配对的雌雄种鸽双方都要年轻化。参加幼鸽赛的鸽子必须冲劲大、活力强，因此，宜用年轻鸽子作种鸽，一般在8个月至3岁。特别是母鸽，一定要年轻。如果公鸽4~5岁，母鸽最好在1岁左右或不到1岁。有的鸽友喜欢用当年参加幼鸽赛取得好名次的鸽子作种鸽，育出第二年参加幼鸽赛的赛鸽，这样往往可收到满意的效果。年纪较大的鸽子出的赛鸽有韧劲、表现稳定、耐飞，但冲劲比较欠缺，绝对速度达不到。因此，不宜用来作为出幼鸽赛的种鸽。

（3）配对要充分利用杂种优势。杂交出的幼鸽较早熟，体质较好，活力较强。因此，参加幼鸽赛的赛鸽宜用杂交鸽。即使在同一鸽系中配种，也应该用"远亲近血"来配，即同一血系隔了两三代。

【随笔，07年3月1日】

53. 关于国家赛放飞的建议

新近响应网站号召（不排除有故意好好表现之动机），参与关于国家赛的讨论，发一帖子，内容是关于国家赛某赛点应该分散驻车，梯次放飞的建议。依据是，注意了几届国家赛，成绩比地方赛距离更远的成绩明显要差，持续地差。竞翔群势大是好的因素,但国家赛的巨大群势反倒成了阻碍,各个方向的归巢鸽纠缠在一起,长时间相互干扰,不能顺利脱离放飞现场,迅速判断并锁定归巢方向,形不成同一方向的归巢集群,等全部飞散了,成单体孤独飞返,速度与归巢率都不会理想。

由此,建议如郑州赛点按四个方向组织赛鸽车集合,南面的在南,东面的在东,相互间距离要足够远,最好南面集团放出后,东面集团的赛鸽不能目视,以免骚动撞笼。不必追求领导鸣枪的"大一统"场面。若四个方向的赛鸽在不同地点同时放出,在空中还是会依习性聚拢在一起,竹篮打水了,所以要求梯次放,一个方向的飞走了,放另一个方向的。这样,同一方向的定向容易,离开现场的速度一定很快,总时间比五六万羽长时间盘旋纠缠的时间明显要短,还要省时。巴塞罗纳国际赛的开笼场面也壮观,但人家是全部往北,符合竞翔科学的基本规则,我们欣赏中国信鸽国家赛郑州赛区超巴塞罗纳国际赛的羽数时,没想到四面放飞的反竞翔规律性质。第七届了,还是沿袭"壮观场面",四面出击,未见觉悟。

特此建议,请诸位评判补充。

【随笔,05 年 5 月 24 日】

二、探索篇

1. 鼻瘤的嗅觉作用

　　猎人欲取得狩猎的成功,先决条件是在不惊动猎物的情况下,尽可能地接近它们,提高射击的命中率。如果猎捕鸟类,要防止视觉和听觉方面的惊动;若是猎捕兽类,除了上述两方面外,还要注意防止嗅觉(气味)方面的惊动。有经验的猎手在猎捕兽类时,选择下风头接近它们,否则,风会从很远处将猎手的气息吹送到野兽那里,被它们灵敏的鼻子所捕捉到,使狩猎失败。这说明两种含义,一是再次证明鸟类在嗅觉方面的低能,二是表明气味传播和气流(风向)密切相关。绕开第一种含义不说,假定鸽子能以嗅觉导航定向归巢,也得借助气流运送和传播有用的气味。众所周知,距气味源越远,气味的浓度越小,嗅到气味则越困难。鸽子在很远的司放地嗅辨巢区气味,气流的流向和风向的作用,显得越发重要。说得通俗点,风要由巢地吹向司放地才能将有用的气味输送过去。如此说来,逆风对归巢的鸽子最为重要,正是由巢区方向吹来的顶头风,将熟悉的气味源源不断地送来,供赛鸽循味导航归巢。顺风时则不妙,气味全被风吹到与司放地相反的方向去了,赛鸽失去了导航依据。遵循嗅觉导航说,只能这样推理。理论经实践检验方能辨其真伪,竞翔实践无数次告知我们,风向与比赛的分速甚至归巢率有绝大的关系,尤其 1 000 千米以内的比赛,抛开天气情况不计,风向的顺逆极大地左右着比赛的结果,特别是中短程,顺风会大丰收,分速大大加快,归巢率高,如若碰上 5~6 级顶头风,500 千米当日会不见鸽,无论天气是多么晴朗,无论这大顺风将巢地的气味因子多么充实地送到 500 千米外赛鸽群的鼻腔里!

改革开放以来,随着与国外交流渠道的拓宽,养鸽实践的深入和经验的积累,以及中国鸽友文化素养和科技水平的提高,分析、辨识、解决问题的能力日渐增强。本文的本意是想通过对十几种导航学说之一的嗅觉导航说作一具体分析,引发大家对竞翔界悬而未决的诸多问题的再思考,或许能对科学养鸽起一点小小的推动作用。

【随笔,07 年 3 月 14 日】

2. 不能单纯看鸽眼的颜色

祝匡武先生指出:不能单纯看鸽眼的颜色(黄还是砂),也不能单纯看鸽眼的所谓结构,一定要与所鉴鸽子的羽色联系起来综合考虑,即什么样的眼砂要长在特定羽色的鸽子身上,才有意义,才可以下结论。笔者提出:远观先见羽色,后见眼砂,是否先行以羽色与眼睛色彩的配伍判定此鸽是否可看,然后决定是

否上手细看眼志结构——此说立即遭到祝先生拍案表扬。

【随笔,07 年 12 月 18 日】

3. 不怕大月亮

今日本地举行 460 千米比赛,晴天,逆风 4 级。查阴历是九月十五,西边太阳还没全落山,东边硕大的银盘就圆圆地升上来了。

有说法,月亮朔望时,也就是阴历的月中、月底期间放鸽不好飞,通俗点说即月圆月亏的时候赛绩不好。

今日顶风的 460 千米,第一名耗时近 7 小时,分速 1 166.708 2 米,本棚首羽 1 164.098 6 米,第二羽 1 160.895 4 米。看上去不显很疲劳,感觉月圆期间赛鸽只要天气好,没有什么问题。

这可是个长期争论的话题哩!

【随笔,06 年 11 月 5 日】

4. 不要为想法所累

日本资深鸽界泰斗,已故的并河靖先生撰文提到一个做法,即赛鸽在训放时必须经历单独放出的模式。目的大家已经猜到了,锻炼那些具有领先飞归潜能的鸽子适应独自飞行归巢的能力与胆量,以便真正比赛时能领先大部队回归并获奖。

笔者考虑过,考虑了好长时间,觉得好像很有道理。

笔者又考虑了一段。

慢鸽子,你即使单独放它,它也快不起来,后放的,会先于它归巢。

傻鸽子,不但不快,单独放它就回不来了。

快鸽子,你不单独放,它也不能忍受在群里受阻挡,很快提速,单独飞归。

快慢鸽子混合训放,小群势,不单放,你在家里观察,归巢时先后悬殊,快的很快,慢的老在后面。

练为战。

真正比赛时,5 000 羽一齐放出。哪个能享受单独放时的清净?还是靠实力和体能逐渐摆脱一般水平的大部队而最终单独领先回来。

单放乎? 不单放!

【随笔,07 年 2 月 19 日】

5. 不要眼睛只盯着鸽子

有这么多的动物具备远距离归巢归家的能力(是本能而不是特异功能),尤其可以说所有的鸟类都有远距离定向寻巢的本领,为什么人们独独选中了鸽子用来竞翔,而不是别的鸟类呢? 笔者认为,答案实际上很简单,从禀性、食性、个头的大小、外观的羽色以及繁殖方法和繁殖速率等诸方面考察,比鸽子更符合人类驭鸟竞翔要求的,可以说绝无仅有。

(1) 鸽子的性格温顺,不似鹰隼类猛禽般凶猛残暴,符合人们的驯养要求。

(2) 鸽子的食物简单易备,寒冬暑夏都能解决。

(3) 鸽子的个头大小适中,食量有限,如为孔雀、天鹅般的身材，棚舍成了问题，更甭说鸵鸟一样的巨无霸了；似麻雀那样袖珍的也不行，虽说能养数百只，也忍受得了那喳喳的噪音，个体之间不能分辨或很难区别，带上足环也看不清，无法使翔。如麻雀、喜鹊、乌鸦等互相之间羽色过于相似，极难辨认。

（4）有的还不易驯化，食性太杂，与人争食；或食性太刁，须有活虫儿，不入人工巢箱，就爱在树杈上筑巢。

（5）水禽类则必须提供水面嬉戏，竞翔路上见了水面恐怕顾不上归巢，先自忙于洗澡、捉鱼。

（6）同鸡、鸭、鹌鹑一类繁殖率极高的家禽，有飞翔和归巢能力的也不能用，后代太多，系谱纷乱，不便筛选……

总之，能够供人类驯养使翔的鸟类，除了鸽子，真找不出替代品种。于是乎，不飞鸽子你飞什么？

以上这段话亦有针对性——不要眼睛只盯着鸽子，只知道盯着鸽子，以为天下唯有此等不大不小的鸟儿能远距离归巢，这样很容易钻到眼砂论里面出不来，陷入迷信状态（不是全不信）——既然只有它能回来，那只好在它眼睛里找些注脚了。在论坛里发一幅猴子的眼睛照片，让痴迷唯鸽眼论的朋友醒悟、自拔。其实蜥蜴、某些蛇、龟、鹰、鸡等的眼砂和眼色与鸽子的极为相似，尤其爬行动物，是鸟类的远祖，身体外形变化了，眼睛没变，不需要变。海龟凭着这眼砂，划动那极像翅膀的前足，在大海里练归巢，比鸽子竞翔的距离远多了。此话题不宜多说，要不又有人要"突破"了。

主要是打破对信鸽的神化意识和神秘化意识。客观看待事物,拓宽眼界。

【随笔,07 年 9 月 1 日】

6. 雏鸽性别择定

手里有几枚"重重的"特比环,思谋着给棚中哪一"血统"、哪一窝、哪一羽雏鸽戴上最为合适,将来参赛一定能入围。思维中还顽固地认为,同窝中的另一羽不能戴,戴上了也无用!仿佛有一万个理由,谁劝也不行!实际就一个主要理由:同窝双雏特比环要给雄鸽戴,届时可随时出动。

戴上了,很满意,还给这羽"特比"雏鸽塞喂了营养品,另一羽不给塞,就是塞也塞得少,漫不经心。

十几天过去了。

完了——完了——完了——完了!(用马三立的腔调哼唱)

戴了、塞了的这羽,确实长得很好,但同窝另一羽长得更好,更大,更硬(结实)!

下面与没有为此跳楼和跳了又抢救过来的鸽主们探讨一个小问题:

戴环前雏鸽性别的选择与确认——7 日龄以内雏鸽性别的基本鉴别法。

在"洋鸡",无论蛋用还是肉用,都是白羽品种的时代,雏鸡都是鹅黄色的绒毛。肉鸡罢了,蛋鸡的雌雄辨认是很"要命"的事情。某次"走后门"到某鸡场去买小鸡,因为盼望将来养大了母鸡多,央求鸡场的叔叔给多挑几只母鸡,开口后后悔了:这成

千上万鹅黄色的小绒球,哪里分得清公母?这不是刁难人吗?但鸡场的叔叔没说话,从大筐里抓住一只小鸡,在手里停留几秒钟,放到我的纸箱里,再抓住一只,停留一会,又扔回大筐,反复多次,挑好足够数量的小鸡。万事好奇的我,诚恳地询问叔叔,选小鸡为什么要"捏一下"呀?是硬的好还是软和的好呀?"软和的是母鸡",叔叔轻声回答。

下面的内容显然应该是论据后的结论部分,为了提供给大家分析想象的空间,结论省略了。毕竟,随笔栏目要培养人的思维能力,要"授之以渔"……

【随笔,08年3月23日】

7. 鸡黄与桃花之一

上海的养鸽前辈们,将黄眼鸽子叫作"鸡黄砂"还是很有创意和借喻的。笔者研究过数千只鸡的眼睛,确实都是黄色的,没有例外,且瞳孔都在频繁收缩。鸽子的"堂弟"斑鸠都是黄眼,带一点橙黄。野生鸽子也都是黄眼,黄色是鸽子眼睛面砂的原始色。有不服的你后天去河西走廊的悬崖峭壁上抓几只野鸽子,碰巧里面有一个砂眼的用来反驳,赢不了的。以上海为首的一批沿海省市,几十年往河西走廊一带成千上万地扔"老桃花",折腾到现在,落草的与当地的"小芳"杂交,后代有少量砂眼那也是可能的。

结论:黄眼是鸽子眼睛的原始色,是正宗。砂眼是人们长期驯养家鸽过程中巩固变异的眼色,从而固定下来的一种眼色变种,除了眼色,羽色和体型也都有相应的扩展变化。凡经人类驯养的动物,都有这个变化。达尔文认为,狗和鸽为所有家养动物中形态变化之最。

黄眼中演化出砂眼,从色素上看,是趋淡倾向,应该带来体质、体能的变弱,这是连带反应,不可逆的。笔者认为:自然界出现这样的弱化变异,会被自然淘汰,不能保存下来,但人工饲养会挽救它们,譬如突变的极短腿腊肠狗,要是在自然界,老猫(猞猁)也能把它干掉。通俗点说,色素变浓在生物界通常是健康进化的表现,变淡则相反。孩子的小脸儿像"红富士"苹果,那是健康的红润;反之苍白、面黄(一定还有肌瘦),即使爹娘不是医生,也知道孩子的健康有问题了。动物的色素体现,功能就是这样,放远程都上深雨点就是这个道理。砂眼原本不是健康变异,但经人们的严格筛选(如上海宝山吴淞的汪老将砂眼限定为"老桃花"模式),稳住并巩固住了砂眼鸽的性能,不输于黄眼鸽了,羽色再跟着变深,更完善了。武汉人总结:金眼白(黄眼鸽羽色可以浅一点),银眼黑(深),就是说砂眼鸽色素不够浓的(白底砂了),羽色若深,能一定程度弥补的。

【随笔,08 年 2 月 17 日】

8. 鸡黄与桃花之二

砂眼变浅了,死白,赛绩好也不要,也不拍买,为什么呀? 你拿回来做种鸽又不是飞。不是可以用浓黄眼拉吗? 那就不如一样钱拍黄眼的了,你怎么不作声了?

黄眼的变淡了,同理赛绩好也不选,能飞不一定做种好,为什么老外的鸽子弄来有的发挥有的不发挥? 眼色淡! 考夫曼的也一样!

告诉你! 老外为什么舍得将赛绩好的卖给你? 他有原则底线:专挑眼色不深的出手,都学老詹森家的育种经,你浮躁,学习成绩不好,领会能力欠缺!

眼色素偏淡,但持续获得高位成绩的,可以考虑……

【随笔,08 年 2 月 18 日】

9. 鸡黄与桃花之三

砂眼中的所谓"老桃花",即暗色蓝色底、紫色底的浓色素砂眼,这样的砂眼一定面砂部位颗粒粗厚,这又是连带关系,何况,还有一个"老"字限定着呢! 詹森"老白眼"一定不能飞远程,连中程也够呛。仅着身形大,翅膀阔,短距离冲刺一下(约 200 千米)。邻近的养鸽朋友,成天把"老白眼"(次数多了,简称"白眼儿")挂在嘴上,赛绩就上不去了。近年来棚中缺黄眼的鸽友到敝棚来引种,指明要黄眼的,我就知道砂眼多了总体变淡,赛绩要下降的,赛绩不降他引的什么种? 知道要黄眼了,有时是下意识的,并不知道"为什么呀?"流行黄眼配砂眼,为什么呀? 用黄眼的深色素拉砂眼的淡色素! 詹森后院藏着的那些绛色、石板灰种鸽,一定都是浓黄眼,为什么呀? 把老白眼们"拉"回来,连眼色带羽色,过滤一遍,要不会这个,就不是老詹森家了。

【随笔,08 年 2 月 17 日】

10. 二蛋出雄

初养鸽时,被告知"头蛋雄,二蛋雌",信之。又被灌输:"要想鸽儿壮,就把独蛋上!"想想,也信之。于是,某繁殖季节,所有的种鸽对,全部只留一枚蛋入孵。尽信书不如无书,秉性支配,不能完全迷失自我,凡事要分析判断,要有自己的结论。于是全撤去头蛋,留二蛋,因刚下的二蛋呈新鲜的、半透明的粉红色,给人以希望,演绎着生命的活力,而前天的头蛋,已经呈月白色了。既然二蛋新鲜,也未曾撤掉,在常温下"闪"一段时间,一定比头蛋更适宜使用——遂安然用二蛋,谁说也不动摇了。唯独对二蛋是雌一说,将信将疑,正好验证。

一个繁殖季节下来,数十羽二蛋幼鸽,仔细回忆,翻看记录,无一雌性。

那个首先说出"头蛋雄,二蛋雌"的人,是大忽悠;立即听信百年不怀疑且根本不做检验的普遍现象,属于国情。

【随笔,07 年 8 月 2 日】

11. 放 老 鸽

上周集鸽时,给一朋友的朋友帮忙,递送上鸽车时,需要代读足环号码,见到他一笼十几羽鸽子,没有当年的,除了几只2006 年的,大部分是 2005 年的。赛后成绩也注意到了,跟笔者的 2007 年当年幼鸽不相上下……什么道理? 大家思考。

【随笔,07 年 11 月 2 日】

12. 关于"跳"的观察笔记

见人家讨论"跳站",自己手也痒。

2005 年雨水多,笔者崇尚宁肯死在比赛的冰雹中,也不能无谓损失在训放的小雨儿中。（顽固!）

偏偏当年秋季雨水奇多，训放次数与距离都严重打折，最远也在 100 千米之内。

这个训放基础之上，放 350 千米，两天内放 7 归 7，当天 6，隔天 1。

500 千米，放 8 归 6，当天 5，次日 1，再无。

可能这里"跳"得还不够狠。

【随笔，05 年 10 月 17 日】

13. 花大了，可靠否

广告中和实战中，罕见大花鸽摘金夺银，于是有印象，花鸽是花拳绣腿，指望不得。以往出了太花的，早早处理了。2005 年留了一个大花鸽，白头白尾全白条，只是两膀外侧有对称的两块类似深雨点的斑，还不能覆盖全翅膀，牛眼，看不出雌雄来。原本是留着在鸽群中当一个标志，区分自家与别家的家飞鸽群的。年龄到了，训放都让它上笼，有时快，有时慢，100 千米未丢。请各位赐教，在血统没有问题的基础上，出这样的鸽子能依靠吗？各位有这方面的经历吗？

【随笔，05 年 9 月 27 日】

14. 酒后吐真言之一

参加鸽友聚会。

一经常获得冠军及前名次的朋友介绍，绩优鸽这家伙是兄妹配直接出的呢！感觉有"料"，就激将他，俺的兄妹配别说拿冠军,就给你个瘸腿瞎眼!冠军得主稍微卖关子:你不能瞎配!兄妹配除了上代和自己要有好成绩,还要选择眼砂类型不一样的才能配!赶快点头称是,心想说出来的话泼出去的水,想收也收不回了。

呵呵大家共享,看有无道理。

【随笔,07 年 4 月 27 日】

15．酒后吐真言之二

还是在酒席上。东道主喝到一定程度,自己找话题:"我讨厌孵蛋时的鸽子上笼。孵蛋时并不是好的巢态,毛都孵得松了!我都是在上笼前 4 天,将蛋撤掉,鸽子醒过来,重新配对精神转旺后上笼,因为精神旺了状态就上来了。"听了,存在脑子里。

【随笔,07 年 4 月 28 日】

16．就不说鸽之企鹅篇

企鹅也有眷恋家乡的本性,不管它离开栖息和繁殖地有多么远,都要千里迢迢返回"故乡"。

人们曾在南极印度洋海岸附近的一个岛上发现 50 只阿德雷企鹅,用飞机运到 500 千米外的地方。过了一段时间,其中的 3 只企鹅却返回了"故乡岛"。

科学家曾将几只阿德雷企鹅从海岸边的繁殖地点带到几百千米外的南极大陆内地,然后站在高高的铁架上观察这些企鹅的行动。开始,企鹅走动没有一定的方向,过不了多久,它们就都朝着北方一直走去。经过长途跋涉,仍能准确地归返旧巢。

科学家发现,企鹅在浓云密布的阴天,辨向能力降低了,因此认为它是依靠太阳来定位的。但是,地球在不停地转动,太阳的位置也随时在变化,如果只是根据太阳来辨别方位,会使企鹅的行走路线成为一条曲线,就回不了家。而事实上,企鹅是沿直线行走的,因此,人们认为企鹅身上有一种奇妙的测向机制,依靠它来调整自己行走的方向。

【随笔,05 年 11 月 26 日】

17. 看天! 看天!

全国南北鸽协、公棚及 30 余万信鸽竞翔爱好者注意了!

请赶快抬头看天!

每年的 11 月 1 日到 11 月 20 日前后,总有约 20 天这样风和日丽的天气,秋高气爽,是下半年赛季当中的最佳时段,请各位充分注意和利用! 首都北京一些公棚决赛成绩不理想,请注意将预赛和决赛日期适当延迟,向 11 月中下旬靠拢! 也提请各地公棚决策人员注意。

我国赛鸽者向来比较顽固,你说这时天好,他总会本能地反驳,请不要在茶余饭后或酒席桌上提出这项建议。当初笔者屡屡在本地竞翔机关会议上提出此意,均收到未置可否的结果。秋季赛事均在 10 月中旬全部结束。后来抓住竞翔负责人的手脖子,于 11 月中旬某天将其拉到光天化日之下,指着天空严正指出:就是这样的天,你的所有比赛都结束了! 你是暴殄天物! 你的每一次比赛,天气都没有如此之好! 协会会员所有的参赛鸽,都是在换羽未结束时仓促上笼的! 比赛打完了,羽毛也换好了。在围观众人的鼓噪下,我地信鸽协会从此学会在 11 月大好秋光下放鸽比赛了！直至打到 12 月份！爽！

此天文气象物候科学原理要活用,大致适宜于我国北纬 42°以南,北方东经 105°以东,南方东经 100°以东地区。

【随笔,07 年 11 月 6 日】

18. 某落伍鸽舍两问

最近随访一北方普通鸽舍。存棚量约 50 羽,两种羽色:白与红。前者约占 2/3,后者 1/3。家飞的当年幼鸽约 20 羽,白的占 4/5,余者红羽。剩下的是种鸽和等待开家的一小批幼鸽,羽色的比例数不变。

看上去该棚的幼鸽都偏瘦,身材苗条,单薄,但羽毛干净,愿意落在附近楼顶晒太阳。扫一眼食槽,有若干粒扁大的"大板牙"(又名大马牙)玉米粒在内。白的种鸽就罢了,红色种鸽的一多半是火凤凰,少数是普通绛鸽。问及三伏天仍在做育的原因,说是有鸽友来讨幼鸽,送来足环要求代套,但指定种鸽配对的后代,于是……

婉拒主人邀看白种鸽的要求,绕开火凤凰,要求主人将非火凤凰的种鸽依次拿出来看了几羽,注意到多来自名家鸽舍,质量中上水平。又要求主人将看得上眼的非白羽幼鸽捉看几羽,发觉手感比眼看的感觉普遍又差了许多。

脑海中冒出几点结论:①该舍竞翔成绩一定不好;②饲养方面不得门;③鸽友追讨的,一定是种鸽棚中非火凤凰的绛鸽后代。先询问前来喝茶的鸽友,您要的是主人鸽舍绛鸽某雄鸽配某雌鸽的后代吧？对方一愣，没说什么，竖起大拇指。第一、第二个问题不宜直接问，间接询问了主人，就饲养方法问题交换了意见。乘主人取水，另外的内行客人透露：别说成绩好不好，主人总是在比赛期间托词不参加……

请大家帮助分析原因：

（1）为什么当年幼鸽都偏瘦，无一肥壮？

（2）为什么主人要托词拒赛？

【随笔，07 年 8 月 26 日】

19. **另 类 超 远 程**

19 世纪，法国文学家维克多·雨果养有一条名叫"男爵"的爱犬，非常忠实，与主人形影不离。有位叫法伦泰的侯爵，即将出使俄国，请求雨果将"男爵"送给他，雨果慨然同意了。

不久，法伦泰带着"男爵"到了莫斯科，那里已是冰封雪冻的严寒季节。"男爵"在那里呆了几天，就逃离了它的新主人。法伦泰寻找无着，只好作罢。谁知几个月后，"男爵"又出现在巴黎雨果住宅的门前，神态憔悴，显出精疲力竭的样子。

1943 年夏天，居住在美国太平洋沿岸俄勒冈州希尔巴顿市的布莱佳夫妇带着爱犬"波比"，驾车前往东部观光旅行。他们的车沿着横贯美国中部大陆的公路朝东飞驰。

8 月 16 日傍晚，夫妇俩顺利到达印第安纳州的奥尔考特城，在一所旅馆门前停下来。从希尔巴顿到奥尔考特的直线距离是 3 300 千米。

不料，"波比"在与当地狗群厮咬混战的过程中竟失踪了！

夫妇俩接连寻找了好几天,还在报纸上登了一条寻狗启事,无果。一个多星期后,夫妇俩终于失望地返回了西部的家。

第二年的 2 月 15 日,门外响起了熟悉的狗叫声,瘦得皮包骨的爱犬"波比"正摇着尾巴向主人致意呢!它竟从东到西,横穿美国大陆跑回家来了!

有关"波比"的报道和照片见报后,全国各地的人纷纷来电来信告诉夫妇俩,他们曾在何时何地看见过"波比"。根据目击者提供的情况,布莱佳夫妇制作了一幅"波比"回家的路线图。它并非依循东进的行车路线返回,而是先往北走,途中经历好几次转折,最终行程约 4 600 千米返回老家。

【随笔,07 年 1 月 23 日】

20. 留种的鸽子需要训赛之后才能确定吗

[转帖]冠军的上代必有冠军这句话,斩钉截铁,令笔者由衷信服了十来年,但后来怀疑:有什么证据说冠军的上代必有冠军? 没谱的事情嘛!

秀才不出门,便知天下事,规律掌握在具备科学知识的人手里,显示得是那样严丝合缝,具有预见性和可循性。育种大师培育新品种如同画家调配颜色,需要什么就制造出什么,难者不会,会者不难。

家养动物界与赛鸽职业特征最相似的是赛马。种马是专门培育出来繁殖优秀后代的,它们被培育出来是严格按照育种家的意愿进行的,有缜密的计划。种马并不需要"笼里看",也不需要跑道上看,好好喂养,适当活动,适龄繁殖即可。德国牧羊

犬在原出产国有严格系谱，不能乱交配，但用以繁殖的标准种犬并没有也不需要到警局里"参加工作"，试用期一年，检验其嗅觉和反应如何，只要血统纯正，系谱清晰不乱，配就是。

现代养鸡场里的蛋鸡，母鸡清一色红褐色羽毛，公鸡则为白羽，从出生时就确定了的，连检查也甭检查，99%以上的准确。当然不是我们培育的。需要连其父母甚至祖父母以及外祖父母一起买来，配套的，很复杂，科学呀！爷爷 A 品种，奶奶 B 品种，杂交出爸爸 AB（不是什么种，不好命名，就叫 AB），连同姥爷 C 和姥姥 D 的女儿 CD，一起称作父母代，这 AB 配了 CD 生下商品代，绝呀！雄白雌红，母鸡 120 天绝对开产，绝对下红皮（壳）蛋。A、B、C、D 都是种，纯种，AB 和 CD 也是种，杂交种，过渡型，看上去有点乱，不怕，再走一代就不乱了，就科学了，整齐了，还做什么试验？但需要说明，B 种和 D 种根本不是蛋鸡，产蛋能力很差，属于肉鸡品种，它们参加育种是利用它们的羽色，使子二代从羽毛上面能够自别雌雄，还不影响产蛋性能。

种就是种啊！

【随笔，06 年 8 月 24 日】

21. 慢 热 型

也适时做出了，也认真喂养了，也及时训练了，也挑选相对有些把握的上笼了……但整体就是慢热！打三四个回合之后才渐入佳境，为什么人家的鸽子从一开始就"活动开了"呢？这里指的是北方的春赛。

【随笔，07 年 10 月 23 日】

22. 南方春赛难

　　南方的赛事起步早,所以鸽界"春赛难"的呼声最先由南边响起,这不奇怪。中国有句物候方面的老话:岭南无冬。2007年12月中旬,笔者因公去过典型的岭南之地广东,"大雪"时节,白昼气温高达28℃,看那碧绿肥厚的树叶,根本不晓得还有秋风扫落叶的概念。(2008年春节前南方的持续严寒大雪,是百年不遇的极端气候现象,不能认为那就是岭南真正冬天到来的信号——笔者注)岭南无冬,不等于就是夏天,温度当与春秋季相仿,一路"春"下来,哪里还有正式入春的界限感觉?文学味道浓厚一点说:不知不觉走进春天,人不知不觉,鸽子在四季不分明的温暖地方,也是稀里糊涂走进春天的。春赛从何时开始适宜呢?既无春,哪里来的"春赛"?啥时春赛都不清楚,春赛怎么能不难?

　　世界赛鸽运动发祥地和优质赛鸽品种培育基地都在中欧,与中欧近在咫尺的北欧和南欧,不能兼美。说明中欧的气候最适宜赛鸽生存和比赛。拖过地球仪端详,欧洲英、德、比、荷等"关键国家",或者说是全球鸽界朋友们心目中的"敏感国家",都在中欧,风景如画,气候宜人。看纬度,这些中欧国家,与我国的黑龙江大致相同,受地中海式气候与大西洋暖流的共同影响,这些地方比我国东北温暖得多,相当于我国中原一带的气候,但凉爽湿润,四季分明,得天独厚。而我国处于北回归线上的台湾、广东、广西、云南等省区,都是热带区域的地方(北回归线以南的香港、澳门、海南等地,更直接就是名副其实的热带),虽然

GE YUAN SUI BI　鸽苑随笔

都归中国信鸽协会领导,每年下发统一模式、统一颜色的
"CHN"足环,但是按照气象上的"行政区划",那是热带或称亚
热带最南端,不是赛鸽适宜生存的气候条件了,拿中国鸽界岭南
名宿祝匡武先生的话说,盛夏高温,鸽子喝一口落在水管里存留
的雨水,都要吸进瘴疠之气,须臾死掉的地方,能攀比四季分明
的地域,打一个舒舒服服的春赛? 这种念头,本身就直接反映出
赛鸽科学基础依旧薄弱。

【随笔,08 年 3 月 15 日】

23. 批量育雏三类苗

【转帖】"三类苗"一般是指生长势弱,叶色发黄,比同期播
种的苗小或大小苗现象严重的地块。如不采取补救措施,肯定
影响后期结果和产量。

同日配对,同日定对,几乎同时产蛋,雏鸽几乎同时出壳,共
计 20 羽——要的就是这样的局面——便于集中管理。

20 天左右下来,在饲喂条件一致的前提下,20 羽雏鸽的生
长过程出现了"三类苗"现象。一类苗,长势最快,个头最大,体
重最重;二类苗,稍微次之;三类苗,生长速度明显落后(嗉囊充
实状态好,并不是僵雏程度)。分析观察与巢箱状况有连带
关系。

巢箱分 3 种:暗箱、半暗箱、明箱(或草巢直接在箱外角
落)。

巢格大小是一致的,用木板钉住一半,上下层一左一右钉,
阳光侧面射来,出现一层暗,一层半明现象,有的没有钉木板,属

于明巢。光线总是不能直射的暗巢,双雏生长整齐,外观上分不出大小和公母;半暗巢,看上去长势稍逊,即使与暗巢的个头差不多,掂一下,体重轻。最大的一羽处于半明巢,但仅一羽,种鸽二哺一;最小的一羽,是一对种鸽选择了一个角落做窝,未进巢格,放一个草巢,种鸽就在草巢中产蛋了,也是仅孵出一羽,雏鸽处于"露天"状态,虽然居于角落,别的成鸽不会攻击到它,但种鸽一离巢进食,它就处于上无遮拦状态,比明巢也亮。每天检查嗉囊饱饱,就是生长速度不行。

【随笔,08 年 4 月 24 日】

24. 抢救"大元宝"

在中国鸽界的杂志上,曾不止一次看到过这样的经验介绍:自家鸽子家飞时盯着看,见到有在空中"甩大元宝"的鸽子,咬住了不放,盯到落棚,确认是哪一只,立马干掉!因为这样的鸽子飞速慢,会带坏家飞的鸽群,严重影响家飞质量。

当时出道不久,没有什么经验,看资料以吸收为主,有盲目崇拜意识,对透露这样经验的养鸽前辈很是崇敬。虽然没有如法炮制(是因为鸽子少,一"甩大元宝"就杀掉,数量不足了),但是现在回想起来,3 岁看大,7 岁看老,秉性里有凡事琢磨琢磨再下结论的意识,甚至潜意识,所以不会贸然动手,也是被那份崇敬给掩盖了,不杀的指导思想比较模糊。

现在回想起来,幸亏没杀!

现在又到了鸽子"甩大元宝"的时候了——春季气候回暖,狂刮的春风还没到,沙尘暴也还没来,空气比较清爽,鸽子的生物钟周期因为白昼的日渐延长而启动,进入春季求偶配对繁衍后代时期(鸽子永远也不会知道"赛季"来了,即使打过三个赛季的老"运动员"),情绪开始活跃,状态也呈曲线上升。阳光灿烂,暖意融融,微风拂煦,飞行在空中的鸽子,情绪高涨,借助气流,将双翼呈45°上扬,稳定住,从正面看两翼在背后开张夹角为90°,滑翔——滑翔——滑翔,鸽体与固定上扬的双翼构成"甩大元宝"状,很形象的。滑到兴致所在,身体左右微微晃动,那不是鸽子故意晃动,那是肉眼看不到的空气遄流的作用,不用说鸽子,法国造的"空客320"那么大,载着200多人和数吨货物,遇到遄流一样晃!

晃到醉意处,将双翼在背后猛力"啪啪"地拍几下(曾经好长一段时间误认为是在腹下拍大条呢!心想:那还不拍坏了?——杞人忧天),很振奋!很有空中号召力!这样的举动以雄鸽居多,占压倒优势,雄性畜禽的共性——公鸡要啼鸣时,先跳上一处高高的突出位置,翅膀也是"啪啪啪"在背上狠拍几下,吸引注意力,然后以很夸张的动作俯仰脖颈,喔喔叫一声,很作秀的。

没有状态的鸽子是不会"甩大元宝"的。

雄鸽身体素质和情绪达到高峰,才有空中"甩大元宝"的兴致。

并不是雄鸽都要甩或者每天甩,每次都甩,要状态和情绪"达标"才会甩。

"甩大元宝"有用么?问问自己的脑子。

【随笔,08年2月28日】

25. 绒毛飘摇

"国血"那阵儿,那是崇尚一个黑。出小鸽子要黑羽、黑舌、黑脚杆,才正宗。惟独幼鸽脖颈与头部的黄毛,黑不了。两相衬托,分外明显,特别是幼鸽头部两侧的黄色绒毛,若又长又浓,大家都说这样的幼鸽结实,身体好,是壮仔的象征。

后来接触"外血",朋友赠送的"外血"鸽后代,这头部黄色绒毛就稀少,初时感觉差别极大,简直误认为这幼鸽是体衰——事实证明,不衰,很有活力。

再后来,"外血"一片了,这种无绒毛现象司空见惯了。许多后养鸽的朋友,就没见过头部绒毛浓密的幼鸽。

引发三项联想:

(1)这绒毛浓密与否,是"国血"与"外血"含量多少的外部差异?

(2)繁殖过程中,遇有头部绒毛浓密的幼鸽,可否作为其血统返祖的外部标记?

(3)"外血"子代头部始终绒毛稀少或全无,是否是羽质也细腻的一种初期体现?

【随笔,06 年 9 月 10 日】

26. 塞药打水的先回来吗

许多鸽会还保持头一天上午集鸽、次日晨放 500 千米的传统。大概两个原因——A、跑夯路省钱,司放者或许讲跑得是高速,多报两个车费,反正估计赤县神州 93% 的鸽会是认可白条的;B、运鸽必用的车辆车况不够好,跑得慢,容易坏。所以需要提前集鸽,路上留出修车时间。既然路上颠簸约 20 个小时,考虑到鸟为食亡,怕到时饿得飞不起来了,也没有分速,想让其临走时多吃几口。于是头天晚上欠点,次日上笼前上好料。有吃得嗉囊歪的,捉住打上一针管水,感觉心里踏实了。有的孵蛋雌鸽根本就"不动筷子",你把它抱到食槽边放下,它一扭头就回巢箱去了。于是空腹上笼了,没塞没打。

比赛日,一个小黑影出现在天边——哇! 空腹上笼的先回来了,先打上钟,拨了 168 再说。

【随笔,06 年 1 月 16 日】

27. 再谈赛鸽感悟

超级鸽的子女未必都能够展现出同等优异的翔能,但它们之中的某一些必能成为超级种鸽,而且能把来自于父母的优异翔能因子遗传给后代,这正是人们为何能见到超级鸽的子孙裔也是超级鸽的缘故。在遗传学原理中,众所皆知的简单事实为强势基因得以隔代遗传。这种现象也常出现在其他各类动物身上,常见的现象为:一匹在赛场上战绩彪炳的公马,持续育种而生下的众多子裔在竞赛表现上并不突出,但其雌性子裔往往会成为顶级的育种母马。

若无法取得冠军鸽育种,第二选择则是仔细筛选冠军鸽的直子或直孙作为替代。

【随笔,07 年 2 月 25 日】

28．三 点 成 一 线

受范学静网友的宝帖启发,想起一个命题请大家讨论:训练、比赛过程中,司放点区域、中途区域、归巢区域,哪一段的天气状况最为关键?

【随笔,07 年 3 月 25 日】

29．三关赛像三级跳

鸽群慢热,只好后发制人。三关赛在整个赛季的后半部分,计划着冲三关赛发力。

2006 年秋季三关有收获,也有教训。收获是单关能打进 4、6、24、31……名次,教训是,出力不讨好——战略战术不对头,导致综合三关成绩不理想。反正教训大于收获,总结一下,关键是出手信心不足,第一关随行就市,没有"想法",就试试水的深浅而已,成绩平平。第二关成绩自然提升,好的有点享受不了,刺激自家预想第三关的事儿了,但为时已晚,措手不及了。第三关打在 100 名上下,综合名次拿了第 53 名,成绩单上挤进一个位置,仅露出一个小脸儿。

2007 年秋季有经验了,去年的教训就是经验——再也不能那样活!既然比赛站与站之间状态有起伏,三关就要两站成绩背着一站成绩,不能一站挑着两站,这是简单算术。于是三关第一站开打之前大力调整鸽群状态,打出一个 138802 灰雄鸽 25位。第二关通常成绩要下降,但不能放弃,要"顶住",支撑一下,不可放任。即使这样,状态果然有曲线,138802 虽然还是第

一个飞归,名次为157。第三关是绝对关键——胜负在此一举。还是这138802灰雄鸽第一飞归! 168打进31位。上网查鸽会168原始数据,27位才是实数,前26居然都是虚打! 而且后面还是虚打连连……好兆头! 没想到比赛打到这份上还有猴急的啊?! 小眼睛瞪起来了,人的状态上来了——名次最终多少已成定局,但这随心调整战略战术起伏的"阴谋"却是得逞了!

【随笔,07年11月11日】

30."三级跳"的四种跳法

接着老麦网友转帖的"三级跳"帖子,谈谈数据什么的。

权且将各地协会的三关赛(多关)比作三级跳,分析有四种跳法模式,即正曲线法、反曲线法、渐升法和渐降法。

(1)正曲线法:就是努力做到两关快,具体设计成1、3关快,保证好成绩的基本面积和比例,2关速度适当(自然)下降,不是放任其下降,而是客观认识站点之间较普遍的快慢节奏,设法不要降得幅度太大,曲线幅度放缓,争取三关的曲线在高分速基础上尽量持平,可获得三关不错的综合名次。

(2)反曲线法:自己定为是1、3站慢,中间一站快,理论上不合理,被动,不如第一站快好操作,但若1、3站分速不是太难看,总成绩也可能不错,但不是我们追求的操作方式,把握性差。

(3)渐升法:本地三关赛成绩单看过后的一种新认识——三关赛的成绩,一羽鸽子的成绩呈现一次快过一次,就是越飞越快的意思。

(4)渐降法:渐升的反面,即一次比一次慢,若具体名次不是太靠后,也有能进入较前名次的——没有降出快速群。

数据:协会公布三关赛前 100 名,其中正曲线表象的 32 例,占 32%,反曲线的 30%,渐升模式的 28%,渐降的 10%。

感想:假如这 100 羽三关赛前名次鸽的鸽主都在调整鸽子的状态,以正曲线法操作,最为便利稳妥,也容易收到实效,它的"副作用"是调整出越来越快的鸽子,但笔者认为这种曲线趋势是可遇不可求的,因为一站快一站慢是常数,普遍现象,可利用,可因势利导;而一站比一站快不是固定现象,是特别现象,不普遍,不能苛求,能伴随状态调整出现更好,不调整等待其自然出现,概率不大。这样正曲线加上其副作用的渐升状态模式,占 100 个三关赛前 100 名中的正好 60%。而正曲线和反曲线表现都证明参赛鸽的成绩有相邻两站点之间的上下波动,占数据采集整体的 62%。

个人结论:发挥人的主观能动性,主动出击,提前下手调整三关参赛鸽状态,应该明确追求第一站的尽可能高分速,打好整体基础,战略上追求 1、3 站快,努力不使可能的第二关下降趋势曲线太过陡峭,是鸽主参加三关赛应该依循的合理方式。

【随笔,07 年 11 月 14 日】

31. 上海幼鸽特比环,卖一万五,上笼六千

提前买环,结局总是这样。笔者觉得这不是什么科学合理的好方法,在中国流行也不证明就是好方式。国外赛鸽运动发达国家没听说有预交费的名目繁多的特比环。大概是特色行为吧!

鸽苑随笔

预先交费的好处是固定了奖金数额,使得比赛最终不至于流产,但不如当场交费取得参赛资格,上笼时按照状态指定参赛鸽足环号码的方式更合理。

【随笔,07 年 5 月 2 日】

32. 随笔微型讨论题

有一小鸽棚,两间鸽舍,种鸽、赛鸽各一间。

赛鸽舍容纳 30 羽鸽子合适,现存鸽约 40 羽,均为 2006 年幼鸽,显得有些拥挤。其中,20 羽月龄合适,秋季参加比赛,另 20 羽月龄小,跟着家飞,训练时不上笼。鸽龄小的鸽子爱飞,混在群里能带动参赛的鸽子提高家飞时质量,但数量过多,可能影响赛鸽休息。再说,比赛的鸽子总归要在水里、食里添加一些物质,对不参赛的幼鸽发育未必有利,它们混在其中抢吃抢喝,可能妨碍赛鸽的能量补充。如何对待?广泛征求大家意见,集思广益。

(1)互相已经熟悉了,保持原状。家飞有阵容,留空时间长,飞得高且远。赛鸽归巢,看到熟悉伙伴,进棚会快。

(2)将月龄不够的幼鸽暂时移到种鸽棚内(禁飞了),留出富裕的栖架和巢格供参赛的鸽子休息,赛前赛后管理也方便,有针对性。

选择哪种方案更合适呢?

【随笔,06 年 10 月 2 日】

33. 台鸽的质量问题

诚挚感谢各位朋友的指教,25 份帖子一则灌水倾向的也没有,严肃认真。大体上,朋友们的意见分以下几类:台鸽质量下降的原因主要是假货上柜量太多;国内别的渠道进来更好的鸽种;我们自己的水平在日渐提高。

笔者谈谈自己的感受:台鸽丢失在大陆数量如此之多,是海翔的缘故,赛线距离虽不长,条件太苛刻,原本也没有海翔类专用赛鸽,不能歧视台湾天落鸟;台湾鸽的父母绝大多数是欧洲原环名系,大陆直接可以引进欧洲同样质量的种鸽,台鸽欧洲子代的身份就不如以前显赫了,作用相形见绌;假货充斥成为台鸽质量下降的首位原因,正说明(真正)台鸽的质量仍然是过硬的。笔者1991年开始使用一羽雄台鸽,1990年环,喷点砂眼,首放1 000千米18羽,归巢的6羽全部是这只雄鸽的后代,5羽子代,1羽孙代,是随意配3羽雌鸽的后裔,最好名次1 000千米5名。其直子在500千米也能进入前10名。真有百搭百顺、百发百中的感觉,后来在迷信中又使用几羽台鸽,再没出现这样的效果。

【论剑,04年4月10日】

34. 淘来淘去

伴随超远程鸽子在路上,论坛里关于超远程比赛的帖子又阶段性转热。新高论再次说外国鸽子原本没有远程能力,被我们拿来陶冶出了远程、超远程归巢能力,于是可以叫作"国血"。但半个世纪淘来淘去,看超远程比赛的归巢率总是"逃"不过5%这个"劫数",要是到了喀什,连百分之……不说了。

有一点点想法:既然50年都没有进展,能说老李(李梅龄)

三五年就从没有远翔能力的鸽子中淘出远程、超远程鸽子品系？
95% 的都回不来能说我们具有了超远程的"国血"品系了吗？
5% 就是特征？几十年了,5% 的后代一再上阵,也没有突破 5%
嘛！假如说繁殖 100 羽从杀鸡笼中买的 50% 没有足环的种鸽
的后代,不用训练,1 岁后放 2 000 千米,也能回来 5 只(还多两
只也说不定),也是品系了？

正思考着呢！

【随笔,07 年 6 月 19 日】

35. 梯 队 用 兵

自家放鸽座右铭:不要把所有鸡蛋都放在一个篮子里,尤其
是破篮子里。

某次天气不好,不理想,就是破篮子。挑选几只参战,胜不
窃喜,败亦不馁,惨亦不伤元气。

不理解有些朋友逢上阵就是孤注一掷,全数！状态好的拿
奖,状态不好的同距离训放(拿点费用),反正是倾巢出动。

张嘎子说得好:别看今天闹得欢,小心将来拉清单。

呵呵,都丢光了。

【随笔,07 年 10 月 4 日】

36. 精锐预备队在最关键的时候投入战场

特比环鸽都留在家里,好吃好喝伺候着,关键时刻拉出去训
一下,再说 500 千米远比 300 千米顺手可靠,不能将主力投入
300 千米,那样丢了都不算数据——种鸽好不好等于没试验,还

得重来,耽误一年。

【随笔,07 年 10 月 5 日】

37．提 取 要 点

鸽子这东西真是很难琢磨,很多骨骼肌肉非常过关的就是不快,但看上去其貌不扬的却屡创佳绩,其实鸽子快慢真的是在于性格。

【随笔,06 年 5 月 27 日】

38．300 千米与 500 千米的差异

就体力上说,飞 300 千米决不会比飞 500 千米更累,要是累,会显示速度慢,但核心问题是丢,大丢。

500 千米上丢了是假丢,300 千米是真丢——500 千米"丢"的 8 天也能回,300 千米丢的 8 年也不回。

分析:这个距离上难以定向,或近或远都好得多。哈密远,也基本都回不来,但人家出笼后走势比 300 千米开笼后好多了……

【随笔,07 年 9 月 25 日】

39．外籍种鸽子一代和二代之间的代沟

外籍种鸽的子一代给人的感觉是发挥很好,即使洋"天落鸟"的子一代表现也可圈可点。到了子二代就难办了,走不下去了,质量和表现甚至外观都聋子放炮仗——散了。我国台湾五六十年下来,一直用洋种鸽子一代,台鸽给人的固定概念就是

外血子一代，台鸽这一代的质量与其父母代差异很大啊！大家有无这样的感觉？说来听听，跟着长点见识。

【随笔，04 年 1 月 2 日】

40. 晚上干的活

记得此事源自鸽界名人谢炳先生。他某次到无锡名人魏振武医生鸽舍看鸽，寒暄过后，魏医生差人捉鸽让谢先生过目，被谢先生婉拒，言晚上天彻黑后再进棚捉看……

杂志上披露此事后，当时引起相当大的波澜，笔者当时参不透谢先生的意思，只是直观感觉此举对鸽眼论是"最最沉重的打击"。

【随笔，07 年 9 月 3 日】

41. 也谈回血保种

网友帖：其实马、鸽原来都是野生的，血缘都很杂的，只是后来人工喂养，用于不同目的，保持血缘能够延续的一种说法。也就是保血或回血。回血什么目的呢？只是保持优秀基因不断线而已。

表达的很好，很清楚。

就引用部分说两句吧。鸽、马都是野生的不错，人们驯化后，才出现诸多不同于或严重不同于野生种的家化新品种，狗则看得更清楚一些，但因不是焦点不多说。

比赛用的纯种马（又称纯血马）是原本世间没有的品种，不是自然产生的品种，是人们为了明确的单一目的着手"制造"出来的,不在相当程度上保持血统纯正,一是跑不出应有的"纯血"速度;二是要失去品种特征;三是要退化至原来模样,大意不得的。赛鸽也是这样产生和使用,保持种系纯正的。

土库曼斯坦又给我国赠送阿哈尔捷金马了(又称汗血马),最近有报道国内又有买进(引进),下一步就是纯血繁殖保种了,方法不用介绍,好几百年的老方子了,不识字的老鸽友都知道。不过笔者还是不看好结果,因为这马引进过 N 次,品种也消失了 N 次,一繁殖就没有了,原因不明,结果一致。不回血怎么保种? 不保种怎么有种? 怎么延续?

其实那引用部分讲得非常"凶狠"——直捅要害,刀尖从背后都露出来了——我们从不育种,总是直接买来优种直接使用,取其使用价值,比如赛鸽,飞得好就行,管他什么血呢! 管他纯不纯呢! 飞得快的优秀基因不断线即可——那是比利时人的活儿啦!

从这个意义上说,帖是废帖,事是废(费)事。

【随笔,07 年 10 月 15 日】

42. 蚊香片事件

某夏,见巢房中有虫子危害雏鸽,想以药物屏蔽之。喷洒型的很快挥发,有能一夜起作用保护雏鸽不受害者吗? 忽见电蚊香片,引起注意,嗅之有气味,对蚊、虫应该都起作用,还不是太过刺激。怕未使用的力道太足,就选一片用过的,蓝色药片被烘烤后已变成蓝白色的那种,放在一羽大约 4 天大的雏鸽腹下,做防虫的科学试验。

第二天观察,虫子来不来的意义不大了,雏鸽死了。

【随笔,07 年 7 月 15 日】

43. 香港养鸽家的评价和建议

香港每年都从国外（主要是欧洲）引进名鸽,什么品系都有。一般来说,香港与台湾一样不搞"定向培育",主要搞杂交,重竞翔。引进名鸽进行杂交,第二代飞得很好,第三代就不太行了,再下去就更差了。为了解决这个问题,就不断地引进名鸽。香港在 20 世纪五六十年代风行大鼻子、挺头面的信鸽,今天却喜欢鼻子较小、长得紧、嘴较长、较机灵的信鸽。

香港养鸽家还对大陆信鸽进行评价和建议:大陆鸽子性能稳定,能吃苦,有众多的远程、超远程赛鸽,并取得优良的成绩。香港有人从江苏引进信鸽与外国名鸽杂交出的子代飞得不错,也有从上海买去的信鸽与外国名鸽杂交出的子代取得佳绩。建议大陆如能引进外国快速信鸽与大陆信鸽杂交,改善体质,一定能赶上世界水平;还建议大陆改善运输条件,因为大陆信鸽运输条件较差,影响竞翔的速度。

【随笔,08 年 1 月 11 日】

44. "小鱼刺儿"的故事

笔者棚中有一灰雄鸽,黄眼。足环尾号 175,生于 2006 年 4 月 19 日,有克拉克血统。同窝双雄,这羽号码列前,应该是正雄,出窝后哥俩一样,难辨彼此,训练表现很好,经常一起率先归巢。10 月份即将正式开打之前,按照"惯例"上手一次,乖乖!

耻骨严重缺陷,按我们这里鸽友的传神说法,是"小鱼刺儿"模式,尖、细、弱,水平不对称、不紧密,上下还不对付呢! 参差不齐,可惜了个头和羽色及羽质,事已至此,飞飞看吧,到这火候儿了,不宜临阵斩将嘛!

2006 年 10 月 7 日 340 千米,13:18 归,成绩还可以。10 月 14 日 500 千米未归。正欲消户口呢! 9 天后发现归来。10 月 28 日三关第一关 460 千米,16:06 到,市 724 名;11 月 5 日三关次关,14:20 到,市 89 名;11 月 12 日,三关终关,13:20 归,市 100 名。第三关上笼时因鸽子少了,逐羽检查,发现 175 灰雄的耻骨部位居然已经不是"小鱼刺儿"了! 11 月 18 日打"冬季杯",当日下午 2:23 到,分速 1 178 米,市鸽会排第 18 名。

两条大概的感悟:

(1)"小鱼刺儿"不是终生残疾,是可以痊愈的,尤其雄鸽。

(2)随着比赛的进行,这缺陷在运动中更能迅速改善。越改善速度越快。

【随笔,07 年 1 月 27 日】

45. **血系之纯**

虽然并非每一羽冠军鸽的外观都是十全十美的,但是它们却有着一个共同的特点,那就是有着高贵的血统。并不是只有赛鸽才讲究血统,赛马、跑狗对血统的讲究和要求更是严苛。

子代的遗传表现来自祖代的基因库,包括运动特质的种种遗传都和祖代有着密切的关系。因此,挑选赛鸽首先要看的就

是它的血统。你会发现,一羽血统高贵的鸽子,形体上的特征一般都是比较突出、优异的。虽然血统优异的鸽子不一定会成为冠军鸽,但冠军鸽的祖代必定会有冠军鸽,或者赛绩优异的鸽子。

种马几乎百分之百是纯种(近系或近亲)马,但在赛场上真正有好表现的则往往都是它们的杂交子女。不管这些杂交马的成绩有多好,都不能用作种马。有时也会用近亲或近系马参赛,只要在赛场上有杰出表现时,却又会马上移作种马之用。马主人对纯系马血缘的保持和继承持相当谨慎的态度,这也说明了高贵血统的重要性。无怪乎远至司翠克鲍特、司达沙、华普利,近至詹森等名系的利用价值会如此之高。更重要的一点,繁殖纯种詹森系的鸽友大有人在,但是他们却是以杂交詹森鸽在赛场上取得佳绩的。一方面是要安稳基础,而另一方面就是要达到赛鸽的真正目标,取胜于赛场。

【随笔,07 年 10 月 15 日】

46. 训 放 策 略

A 策略:训放原则为逢孬天就不上,近距离也不上,专找好天训,保存实力,全数或尽可能多地让选手鸽参赛,信奉丢就丢在比赛中。

B 策略:训放原则为好天回来的不是好鸽,恶劣天气能归才是精品,不惜专找孬天训放,信奉战前已占得先机。

您投哪一方的信任票呢? 为什么?(鸽友投票,多数选 A)

【随笔,05 年 10 月 5 日】

47. 与网友的直接问答

总版主:有几个问题和你探讨。

（1）外观何为"十全十美"？标准是什么？冠军如此,所有信鸽都是如此。

结论——此话多余。

原文否定十全十美,您没看清楚,产生"多余"。

（2）冠军有着"高贵血统"。血统的高低贵贱有没有国际标准和区分公式?

结论——此是忽悠。

中国鸽友自己育不出高贵血统的赛鸽,花大价钱引进,公棚拍卖会上以高出国内鸽许多的价位买进外环鸽,就是对高贵血统的青睐和追求,没有数据也起作用,观念很顽固,客观存在。

（3）冠军的祖代必定有冠军。这个祖代是几代还是几十几百代或者是上千代?

结论——实在无聊。

笔者的看法,冠军的上代或祖代很可能没有冠军,多少代就没有意义了。

（4）纯种和杂交。信鸽有没有纯种? 詹森的每羽鸽遗传性状都一致吗? 红狐狸＝华丽灰吗?

结论——误导新手。

这样说对纯种理解有偏差,狭隘了。从詹森家那小门儿里出来的鸽子,即可以视为是詹森纯种,羽色如何不是关键。再说,世人注意到詹森家的红狐狸时,詹森家已经不卖红鸽了。新

手要注重自我提高,有水平的新手不会被误导,会迅速超越老手,并纠正老手的谬误。

个人观点,如有得罪,敬请谅解。

都是探讨,众目睽睽,尺短寸长,帮扶提高。

【随笔,07 年 10 月 15 日】

48. 羽色交叉定论的打破

关于信鸽羽色使用中,绛羽色鸽的羽色"交叉"说法比较固定和成熟。大意是:雄绛鸽配别的羽色雌鸽,后代肯定有绛羽色的,一羽或两羽不一定,性别也不一定;雌的绛鸽配其他羽色雄鸽,后代两羽中必出一羽绛雄鸽,或者说,两羽后代中,绛色的那羽必定是雄鸽。多年未见有人反驳。

2008 年棚中一羽年轻绛雌鸽,自然配对一羽白色雄鸽。以往此白雄鸽配别的羽色雌鸽,非绛也会出一羽红鸽的,感觉白鸽与绛鸽在羽色上有些渊源的。于是估计这自然配对的两羽后代中,至少会有一羽红鸽。

但是,一对小鸽子都是白羽。长到十几天大的时候,稍大的一羽见翅膀外侧仅有几根分散的红羽毛。估计这只就是所谓"交叉"的绛雄鸽了,虽然性别还不能确定,但绛雌鸽的后代中必有绛雄鸽的定论被打破了——大概配白羽色雄鸽就产生例外吧!

【随笔,08 年 2 月 16 日】

49. 杂交或远缘掺血结果

不同的生物种之间杂交或远缘掺血,结果是不同的或者不可能相同的——譬如说金鱼的后代动辄数万尾,东方不亮西方亮,"总有一款适合你"(借用广告词),还可以大量筛选淘汰。像赛鸽就不怎么行,赶巧头一窝产生最佳,不巧终生无所表现,也是后代数量有限的局限性,能大量繁殖的鸡、鸭等,也好办得多。

【随笔,05 年 2 月 2 日】

50. 在不看鸽眼的前提下选种

正值配对出鸽黄金时段,最近讨论选种的帖子多而热。看到不少帖子讲得虚无飘渺,想发个实在一点儿的帖子,期盼能有引导作用,引发思考。

在不看鸽眼选择种鸽的前提下(看了也是眼花缭乱,不得要领),当然要向赛绩鸽靠拢,优先选用。感觉上好像有赛绩越显赫做种时越优先选择的意识与倾向,个人意见应该透过光环看实质。大奖赛的冠军鸽与前名次鸽,获得奖金多,名声大,名利双收,爱不释手,绝不肯再让其上笼参赛,大有养其终生的豪情胸臆,属一次性产品。

多关赛不一样了,以三关赛为例,半路淘汰多少? 一周一次,上窜下跳,最后三次合计成绩,累死累活,奖金还没有大奖赛的零头多,劳民伤财。近年来还就爱打关赛,操作复杂,有科技含量,一关一关打下来,成绩反复对比检验,成绩鸽素质高,稳定、可靠、快速、变数小。2007 年秋季,本棚有一羽灰黄眼雌鸽(比赛时误以为是雄鸽),三关总 13 名。三关各关在本棚都是第一归,市里最好名次单关第 3 名。三关后又打一次 500 千米,还是本棚第一归,连续 4 次。思考:这样的鸽子以赛绩进种鸽棚,是否比昙花一现的更可靠? 就不说一次性跟快速群归,分秒之间以鸽舍距离取胜的偶然性了。

再举个洋例子:考夫曼的 NL99—5971312 灰白条砂眼雄鸽,当年幼鸽赛获七关总亚军,名"米兰"。知道中国人买走一定是做种鸽使用,要价 1 万美金成交。小考怎么考虑的? 多关前名次鸽做种更可靠? 中介操作,不晓得小考怎么讲的。来到"东土大唐",第一窝直子就拿下国家赛 600 千米级分速全国冠军,还没执行考夫曼"钦点"的配对,自由配的。笔者不止一次看过"米兰"的眼睛,说实话,在笔者的鸽眼图库里,这羽鸽子压根儿就没长一双"种鸽眼"!

【随笔,08 年 3 月 6 日】

51. 再谈不看鸽眼选种

(1) 有人要看来自荷兰考夫曼鸽舍的名鸽"米兰"的眼睛,笔者没有给他发图,革命的经验告诉笔者,不宜发,原因已做解释。

(2) 有人按捺不住,发了,谁发的谁负责。

(3) 看眼的,各人自有各人的标准,不看的,不会看的,棚中无种鸽? 没有好种鸽?

(4) "米兰"的眼睛差劲吗? 笔者说它没长种鸽眼,等于它不是种鸽? 不能当种鸽? 没做种鸽? 在不看眼的前提下,眼的模式有差异有意义吗?

(5) 又发老"米兰"的新眼图有什么作用? 眼睛的改变连带做种价值提什么? 眼图的美观与年龄成正比,做种价值与年龄成什么比呢？

（6）感谢江源鸽舍将本命题的深层次揭示引申，活该这命题有极强的生命力，得以正常延续。

（7）利用这"火候儿"，再剥一层皮：没长种鸽眼的（雌雄）鸽子能不能做种鸽？鸽眼构造是选种的唯一依据和前提吗？"米兰"本身的多次辉煌赛绩在选种时起多大的参考作用？赛绩与眼志模式冲突时，怎么办？在选种时，眼志与赛绩因素在鸽主心中各占多大比例？

（8）事实再一次验证国情。你说某羽鸽子的鸽眼模式不行，一定会有人高呼：这是最好的种鸽眼……于是才敢于发此帖，怕什么？自然平衡！

【随笔，2008 年 3 月 11 日】

52. 在龙骨及其两侧的差异

看过自己和别人的一些鸽子，感到龙骨部分有差异，分成两种类型。

一种是腹部羽毛完全覆盖龙骨，要观察龙骨及肌肉状况需要拨开羽毛才能看到。另一种是龙骨始终暴露在外面，连同龙骨两侧的部分肌肉也显露在外，并无羽毛覆盖，常年这样。

这种现象有什么讲究吗？请大家仁者见仁，智者见智。

【随笔，06 年 6 月 7 日】

53. 鸽子是用来比赛的

祝匡武先生说：鸽子是用来比赛的，比赛就牵涉到距离，看眼志鉴鸽说来说去还是与比赛距离有关。如果回不来,说明胜任不了比赛距离;超远程赛挑选鸽子,也要从眼睛结构中选择能征服距离的规律性模式。即使多数回不来,还有个可能性概率嘛!笔者是当事人,面对面看老祝说话,笔者很认真地讲到短中距离大面积到鸽的现象时,老祝在"面对这种情况是否也需要以眼选鸽"这个问题上很严肃地回答道:那不用!必须突出这一个"那"字!如若这个"那"字被遗漏了,损失很大啊!

【随笔,07 年 12 月 25 日】

54. 最新赛鸽不归原因探讨

【报载】:确山二〇〇六实兵演习规模浩大:万人千车远程机动 700 多千米,边走边打,军委特地调来最先进的济南战区电子对抗部队,花五天五夜贴近实战的演练中,强大的电磁干扰全程追踪。有时紧逼到师指挥部 4 千米,无论是改频换频、多频共享、开启伴动网,或用地形实施摆脱,始终难逃"敌"强烈而持续的电子干扰加立体火力毁伤。摩步师司令部的通讯专家们最后被迫动用旗语、手语和灯语维持通讯。

附鸽友跟帖一:我说呢!鸽子一到那确山附近比赛丢失率怎么那么高呢!看看风水吧也没什么问题啊?这下知道了:原来是让那里的炮火给弄得伤的伤、逃的逃。

附鸽友跟帖二:据朋友介绍,在部队时,部队的雷达通讯装置一旦开始工作,则所有的鸽子——包括赛鸽、观赏鸽、一般的土鸽,都只能是围着雷达发射器绕圈飞,有时可达 2 小时以上。一旦工作停止,鸽群才分散开去。

附鸽友跟帖三：那天放确山 500 千米，我给协会领导说这事，他们还不相信，结果当日放 2 000 多羽，才归 100 多羽……

【随笔,06 年 11 月 2 日】

三、意趣篇

1. 2006 年秋赛二三事

（1）非比赛用条：秋赛基本队伍里，有一羽出生自当年 4 月 2 日的 165 号雨点白条雌鸽，胡本系，它本来应是雄的。父灰砂眼，母雨点黄眼白条，按照交叉遗传的一般规律，它应是雨点白条黄眼雄鸽，其他指标都符合，惟性别不符。同窝遗传得老实：灰砂眼雌鸽，164 号。一切正常，双雌训放，比赛一直顺利，没有参差，否则还叫胡本？正式比赛前，165 将它的那根白条甩了，一点痕迹都没有，笔者填竞翔单时犯了难，没有成绩倒罢了，一旦飞歪了，遭遇查棚验鸽什么的，你这不是自己找麻烦吗？你非要提不开的那壶？于是毅然决然地在 165 名下写：性别，雌；羽色，雨；眼砂，黄。俗话说，烧香引了鬼来家。这 165 某站就飞了一个全市第 6 名，验棚的大呼小叫就杀上门来。一切正常。我们这里的大爷们毛病多，你一个笔误下来，什么都抹掉，前两年连雌雄写错了都不行，这两年放幼鸽，四个来月的男不男女不女,随便写上个性别也就那么的了。这165雌鸽狡猾稳妥,一直打到底,也是雨点无白条,秋赛一结束,立马恢复了雨点白条。

（2）非手术变性：笔者棚中的一羽929雨点黄眼雌鸽,得管上边的165叫大姐——它是6月1日出生的。原本自己定了个规则：6月出生的晚生鸽就不参加当年秋季的比赛了。这929与其同窝928雨点黄眼雌鸽正好打了擦边球,又考虑到它们血统中有詹森成分,早熟,就列入秋赛队伍,跟着训、赛。一切正常。月龄小,毛病少,用着真顺手。起初928比929表现好,训、赛归巢总是领先于929。对929逐渐不顺眼了——父母都是中雨点你出落个深雨点,黑又亮,像个什么东西？不流行、不和谐,还飞不过同窝。某次上笼,最后捉出的是929,一握感觉不对,内力惊人。这样的要有来头,外行都得觉悟呢！果然,是役929飞了一个31名,928落到后面了,以后的比赛,929逢上就拿"活儿",928次次都不跟趟了,同窝的差别呀！最后,遭淘汰的是928,929被留下了,给它拟定一个繁殖方案,掺入我棚羽色偏深的那一路稳妥的系统中去。最近半个月,才知道这计划流产了——929摇身一变成了雄鸽,一反自己站在固定踏板上不哼不动的淑女模样,居然跑下来占了一个巢房还吸引了一羽2002年的老雌鸽。

（3）非自家的不管：喝茶等鸽。还有个已无鸽可放的朋友过来"帮忙",一是帮忙喝茶,二是帮忙传播鸽子质量臭。正喝着,天上有黑影掠过,反射到茶杯里都看见了,我俩继续喝,身子连动都没动,头连抬也没抬。朋友知道本棚的实力,不好意思笑话咱。笔者知道那得等别的地方来好几遍电话报道已经见了,

还得赔笑祝贺人家,然后谦虚说明自己这里(暂时)还没有——您那里见了这里才有可能回来呢!邻棚吸引鸽子进棚的口哨尖利地响起,朋友低头喝茶——多么善解人意。"砰"!随着口哨,那黑影落到了笔者的棚顶,声音巨大,我们没有任何思想准备。同时落下了两羽。邻棚的口哨声嘎然而止,而我们居然吹不出来声音了,腮帮子失效了,嘴里嘶嘶的像倒气儿。922 雄鸽、165 雌鸽(就是甩非比赛用条的那羽)。有没有口哨无所谓,直接进棚饮水。这回先别喝茶了,赶紧忙活善后工作,料理鸽子回来后的一切后事要紧,以后再也不敢本着非自家的鸽子不管的心态了。凭什么就是人家的法定先到? 自己也享受一下喝茶等鸽捉鸽打钟的乐趣,也体验一下别人看自己鸽子归巢的感觉,这就是鸽界随处可见的,穷的叮当响,吆喝了好几年"不养了、不养了",至今却还在养的那种现象的主要原因,谁也不能免俗呵!

【随笔,07 年 2 月 3 日】

2. "苍白"与老鼠

　　某年楼顶鸽舍来了老鼠,数量不多,但很难禁绝,确实有点"投鼠忌器"的感觉。但是,老鼠偷吃鸽粮那是没有问题的问题,巢中的雏鸽和蛋,未见损失。晚上开灯观察,老鼠沿着巢房逐个遛达(简直飞檐走壁),但都不敢直接向趴窝的鸽子直接表示什么,离得近了,鸽子挥翅打来,老鼠闻风赶紧逃避,打中了不是闹着玩的,一翅下去,砰然有声,尘土飞扬,鼠辈一旦中招,必死无疑。

曾经做过试验——伸手去巢盆中捉看小鸽,种鸽大多啄击你的手背——每次都啄这里,仿佛受过统一训练。谁训练的?心下生疑了。用袖口遮住手背再操作,鸽子不隔着衣服啄原来手背处了,改啄手指——十指连心呐!分析:它不是啄"爱好"的位置,而是啄你的皮肉——"有用"的地方,这有用和没用的地方,即皮肉和衣服以及衣服遮住的皮肉之间的差别很好分析——温度差,衣袖遮住手背,原来有温度的地方没有温度了,于是改啄仍然有温度的地方。立即联想到《动物世界》科普节目中介绍的蛇类的颊窝,即嘴和眼睛之间的一处凹陷,这里可以敏感地测出附近物体的温度(红外辐射),漆黑的夜间效能一样,一只老鼠路过,就是一团红外温度发射源在眼前移动,蛇迅速出击,神速将老鼠攫取,虽然它的眼睛视力很是一般。龟、蛇、蜥蜴等爬行动物是鸟类的远古祖先、进化源头,鸽子和其他鸟类极有可能仍存在颊窝,依然能够在黑暗中感知温度的存在与温度源的移动,于是夜间老鼠不能近窝危害鸽蛋和雏鸽,亲鸽在黑暗中仍然可以将翅膀击向趋近的热源。同理,夜间你依稀看到自家迟归鸽或天落鸟落在鸽棚上某个地方,你在黑暗中趋近,它明显有反应,你的手臂眼镜蛇般横扫过去,约80%的情况下没有鸽子升空逃逸的速度快,它窜出去后很不顺利,在空中乱飞,瞎扑腾,它根本看不见什么,是你的渐近的体温警告和驱走了它。若你使用竹竿、铁丝制造的网具捕捉,它变得很傻,容易得手——那些玩意儿没有"体温"。

重庆的命大的麒麟花鸽(叫苍白),就算不是什么好品种、好品系,温度感知本能总还是有的,重庆的老鼠肯定有体温,晚

上也有,于是……

【随笔,07 年 12 月 20 日】

3."草根"不草论

《中华信鸽》杂志 2007 年第 2 期有署名文章《且看"草根族"如何获胜》,举了浙江杭州 3 个"草根族"鸽友竞翔获胜的例子。杂志将该篇题目列于封面重推,还加了卷首语专门文章推介,感觉是这一册杂志的"书眼"文章了,用时下比较流行的词演绎就是"核心"的意思。

看过之后有点感想。

"草根"的含义就是非大款,没使用重金购入大量的原环外籍种鸽,没有建造豪华的鸽舍,比赛没有大部队作战,甚至鸽棚面积和位置要既不大也不高,寒酸一点更增加了身为"草根"的底气。诸多的"草根"要被文章提到和列入,前提是要有不错的赛绩,文章举荐的杭州 3 位"草根"英雄,都是符合这样的标准的。有的"草根",鸽棚甚至就在大马路的旁边,车水马龙,离地面仅 30 厘米高,碰不到"草根",接触到草梢都是有可能的,令人感动、感叹!

会说的不如会听的,文章作者所罗列材料,使得我这第一批读者(目前仅读过这重点推出的一篇),也能看出"草梗"、"草叶"和"草性"来。不管"草根"们怎样运作,"草种"档次却是不低。

王来法"草根"居一楼,鸽种为"很优秀的红狐狸詹森、鲁道夫詹森,还有'五星上将'(鸽名)的后代"。陈鑫根"草根",2 平方米的鸽棚,养鸽不足 20 羽,是"以詹森桑杰士外加马克罗森斯"干活的。孙国欣"草根"经常出差,老母亲给代喂,成绩很好,他"成功的一个重要方面是,他以克拉克、桑杰士打底"……

此时再傻的也看明白了:不管"草根"、"富根",必须要使用洋垃圾(双节棍),否则没戏,转来转去都是虚的,唯"核心"亘古不变。只要有桑杰士,谁也敢养 20 来只,也就"草根"了,也就出名了。

【随笔,07 年 4 月 12 日】

4."得意"征文帖

论坛征文,要说最得意的事情。得意,得什么意? 拼命想想……

某年某天,我站在鸽舍旁边,眼睁睁看着一只鹰从活络门钻进鸽舍去了,鸽子惊呆了,我惊呆了,鹰看见我也惊呆了,世界凝固了。飞速考虑 5 秒,我先清醒过来,打开侧门,将鹰往进来的活络门方向逼迫(门呈打开状),最终,鹰从原路全身而退,鸽群毫毛未损,但它们冲出鸽舍后,有一半当天归巢了,有一半次日才敢回来。临近鸽舍的有关人士知道后质问,为什么放虎归山,给周围乃至全市的信鸽留下那隐患? 我理直气壮地迅速回答:"让我跟鹰搏斗,最终胜利者很可能是我,但我付出脸被破相,甚至一只眼失明的代价,谁能补偿?"看到对方被噎得白眼珠一翻一翻的,我挺得意。

【随笔,07 年 10 月 28 日】

5. 发现"焦羽丸"

秋末一对鸽子自行配在一起,雄的后代战功赫赫,雌的血统颇有来头,于是就出一对用用看。不塞点儿什么好像对不起它们,于是买了一瓶北京巨源威力生物科技有限公司出品的"益雏宝"高级营养滋补丸,中德合作,黑丸粒,有大豌豆那么大,一瓶100粒装。

按照说明书用法,戴环后,每天塞一丸,后来小鸽子大了一点,每天晚上塞两丸。20多天大的时候,药没有了,顺势停用,将近30天时,小鸽子自行出巢了,发现小的那一羽满身羽毛变得像刺猬一样,都支撑起来呈倒逆状,很凌乱。先以为是老鸽子啄的,但老鸽子要啄头的,不会给拔羽啊——头部毫无伤痕,捉来细看,是大条,尾羽和周身比较大的羽毛,在羽梗和羽枝的交结处干枯、变细、变脆,呈黑色,先自行折断,弯向一旁,显得鸽子像刺猬,两侧十根大条几乎全部折断,尾羽也是这样,都脱落了。大的那羽也有这样的现象,只是程度轻一点,尾羽已参差不齐了。小鸽子适宜的天数肯定不能起飞了,周身的大羽要全部重新生长过。

从未见过这种现象,除了喂过"益雏宝",其他什么东西也没有接触过。于是给来自首都北京的"益雏宝"重新命名为"焦羽丸",看上去很像一艘日本货轮的船名。

【最新消息,06年11月23日】

6. 鸽　缘

　　某年夏,在朋友处见到一笼鸽子,均为当年幼鸽,有 2 ~ 3 月龄,雌雄都有。问及捉笼何意? 曰:缺当年足环,这些是因为按照某项标准检验不合规格的,杀掉,摘环。既然是候斩的,就捉出几羽看了看,有几羽心动的,下意识认为杀了可惜。有高人曰:引种要引进高于本棚现有水平的鸽子——这几羽当时就认为是达到了这样的要求。遂问鸽主,我用当年足环换您几羽鸽子如何? 对方说随便,其实自己家里当年足环已全部套完。拿了 4 羽待杀的鸽子,回家将自己棚中的当年幼鸽反复检验杀掉 4 羽,将足环给了鸽友。这 4 羽中的其中一羽雄鸽,至今乃镇棚级种鸽,随便配对(多数自选),每年每窝每一配偶模式皆有说道,公棚、协会任你打,总有一站要拿下。拆配、占窝、孵蛋、哺育,什么毛病都没有,自己能吃能喝从不得病,单眼伤风只点一次眼药水准好。想来想去,这就是鸽缘。

　　从那以后,自己看鸽子的自信心有了大幅度提升(包括不停地追看)。

【随笔,08 年 3 月 10 日】

7. 鸽子的归还方式

　　初养鸽时曾借过人家一羽雌鸽使用,归还时考虑到是活条鸽,相距直线距离仅 500 米,准备放飞后再电话通知对方。后又想到,关了这么些天,万一出个差错怎么交代? 于是打电话给对方讲明送上门去,遭到对方好一通表扬,还说这原本就是鸽界的

G E Y U A N S U I B I

鸽苑随笔

一个规矩,马路对面眼睁睁放出的鸽子也能丢了,说不清楚的,谨慎点好。

建议捡到别人鸽子的朋友与当地信鸽协会联系通知失主,自己没有时间请失主前往取回,交个朋友。若双方都不便,交长途客车发运,半天时间就抵达了。直线距离有 200 多千米,养 3 天放出,3 年回不来的概率很大。笔者有这方面的教训和经历,好人做到底,做成功,做实在不好吗?仅是个建议。

【随笔,06 年 9 月 17 日】

8. 隔夜回的养不养

网友恶狠狠地讲:隔夜回来的不养!看后很受启发。

笔者正养着两羽隔夜回来的雄鸽呢,一羽是 7 000 多羽的 400 千米 19 名;另一羽是三关 26 名,700 千米之内比赛,上笼十次全部当日归。前者上国家赛郑州 13 天归,后者 21 天归。对于后者的不归,在第 20 天时还充满信心,它属于逢放就没进过非自己棚的类型。

留前者的想法是它曾领先本棚后续归巢者 1 个小时,全市也是先头部队,是自己定向快速飞行找回来的,不是随大流儿,既快,定向功能还得到了检验。此后再放虽没有再得好名次,但在外 13 天说明还是自己找回来的,还有韧性哩!得试验试验后代如何。

留后者的想法是它老是偏快,速度有,定向也行。在外 21 天,不进别人棚,自己找回家,定向功能连续使用 21 天。而且对它的检验次数已很多,比前面那羽更可靠。

一羽鸽子身上呈现两个极端:特快的,及虽慢不进别人棚,还得留着继续检验。原因是定向好,体力强。每次都傍晚归,单等没有名次时回来吃饭的,毫不犹豫处理掉。

有人问:你怎么不留每次都快,不隔夜的(国情帖)? 其实已经留了,不是没有讨论价值吗? 故不说。

【随笔,05 年 8 月 9 日】

9. 关于赛鸽杂交育种的学术讨论会

(国歌音落)请坐! 大会现在开始。

先别整天把个杂交两字挂在嘴皮子上,哪有那么些个杂交? 湛江的广东人和黑龙江的东北大个儿结婚了,后代叫"杂交"? 别看个头和相貌差那么多,都是汉族人呀! 本族通婚杂什么交? 连混血也不是,同族就是同品种,纯繁。亚细亚人种和欧罗巴人种或尼格罗人种混血才叫杂交呢! 杂交立即就有优势,混血的后代个个了得,即使中国黑龙江人与广东人结婚不算混血,后代也比本村姑舅亲后代全世界统一模样以及同地同城甚至同省结婚的后代质量要好。一直找不到一个杂交和混血之外的同性质替代词,暂时就叫"远缘掺血"吧。

北方的鹤顶红金鱼繁殖了几年,近交退化了,全身红,个头小,生活力差。去南方引进几尾同品种的鱼做种,都是鹤顶红,不算杂交,你看看子一代——要质量有质量,要个头有个头,要活力有活力,远缘掺血,也有明显优势!

鸽子与斑鸠同属鸠鸽科,不同属,分别列鸽属和鸠属。属之间繁殖算杂交,即斑鸠 + 鸽子,这方案没有意义。野鸽与家鸽繁

殖,勉强算杂交,是否有意义?鸽属中分 3 类,赛鸽、肉鸽、观赏鸽,可以理解为 3 个品种了,性能和经济用途差别很大嘛!相互之间杂交,也没有意义。关键在于,赛鸽和赛鸽是同一个品种,除却人为一惊一乍地夸张,看上去实在就是一种东西,不信将夫人请到鸽舍前,问问哪是比利时种,哪是荷兰种,哪是国血,哪是刚逮的天落鸟,夫人看半天后会说,那个白的挺好看的啊!是白种吗?

既然不是杂交,连杂交优势也没有,去欧洲和美国引种有什么作用?还是本版头的专利:远缘掺血也有优势,尽管引,怎么我引的洋鸽子一代 200 千米就丢得差不多了,哪有优势?怎么我一只天落鸟的后代 1 000 千米当日归?既然是同一个品种,既然远缘掺血就有优势,那理论上用谁都一样。不过欧洲的种鸽血缘绝对远,更保险,那天落鸟可能与你的种鸽三代之前是一家哩!至于优势的有无,应这样理解:马壮驴犟,两相杂交,出骡子,虽不能繁殖,身体好,随时用,脾气柔,个头大,智商看不出有大提高。山东大汉闯东北逃荒,与满族人通婚,后代虎背熊腰,庄稼地里绝对好手,上战场杀敌如砍瓜切菜一般,让他考考大学试试?不一定行。因为,优势体现在体力上,又没体现在智力上(别挑刺啊!事情没有绝对的)。黑龙江的年轻副教授与广东的正宗"海归"(不是"蛇头"弄出去的那些货色)结合,你再看智商,优势要讲究体现在什么地方。赛鸽引种远缘掺血,包括用天落鸟,后代身体素质上一定会有提高的,这就是优势,另外,活力、抗病力、智商方面,也不会是负数,也一定比近亲强,但赛鸽赛的既不全是体力,也不全是智力,是一种看不见也摸不着的远距离定向定位的原始本能遗存量的大小,这种东西你怎么控制一定能杂交出来?你怎么观察它已经利用杂交优势杂出来了和远缘掺血优势掺出来了?虚无飘渺!这鸽事同朋友们说的一样,最难捣鼓啦!与家务事一样,清官难断!

好!下面自由发言。

【随笔,05 年 1 月 28 日】

10. 光剩下玉米

看到食槽里的"大板牙",心中已明白三分,于是"不经意"地问道:

—天喂几次呀?

——两次。

单一品种喂还是混合喂?

——混合。

是不是光剩下玉米呀?

——您怎么知道?

看见了嘛!

一天就喂一次,不饿不喂。饿得鸽子往你身上撞时开饭,保证一粒不剩(还剩玉米?先抢玉米),听见了?

——呵呵知道了,道理懂,下不了手……

【随笔,07 年 8 月 28 日】

11. 黑 舌

以深雨点、墨雨点羽色为基本特征的"李鸟",独步中华鸽

坛半个世纪。彼时,深雨点被认为是最前卫、最高级、最标准、最有竞翔力的信鸽羽色标准。先被上海鸽友认可,继而被全国鸽友认可,20世纪70~80年代,深雨点羽色仍十分得宠,有多少初涉鸽坛的鸽友,认为优种的上海信鸽就应该是深雨点,或深雨点才是上海信鸽的正宗羽色、注册商标。到中国信鸽竞翔事业的发祥地上海引种,拿回的鸽子倘若不是深雨点羽色,那是不可想象、也不能接受的。其余的,诸如什么"灰壳儿"、"米汤酱"、"老白"等等,贬意十足,等而下之,统统靠后面站,唯深雨点而独尊。不过五六年前,全国品评中,深雨点还属于"英雄本色",从500~2 000千米各路英豪皆黑袍缁衣,足环可以封住,羽色无法掩盖,流行呀!天下"乌鸦"一般黑,插白条不行,"孝头"(花头)更犯忌,不登大雅之堂。两只雏鸽趴在巢盆中,一对小黑蛋儿,还不过"关",再扒开喙检查,舌尖儿黑不黑?若不黑,对不起,就此"结束你的生命"。这决非耸人听闻,这些事儿就发生在"伸手就能够得着"的年月。细心的鸽友,请再翻开您收藏的《中华信鸽》增刊,权威的《中外鸽选》,您自己说,从哪一年哪一期,这份精致的画册内容才"靓丽"起来,不再是漆黑一片。如今,亮灰、浅雨点、红雨点、红二线、喷点、甚至石板羽色占据了品评舞台,评委们的眼光与国际信鸽流行色贴近、认同,不知不觉中转了180°的弯。伴随着浅雨色鸽子频频登台亮相,细致柔滑的羽质也吸引着人们的目光,愉悦着鸽友们的掌心,深羽色鸽难能有这般如丝的光滑。您尽管可以仍喜爱"90号"、"恒得利"、"杨阿腾"、"万德维根",但您不能妨碍别人青睐"詹森"、"林波尔"、"勃默德"、"胡本",也不能阻碍别人拥有"村松白"。

"吉斯兰"如若羽色墨黑墨黑的,能当选荷兰"鸽王"么?"詹森"兄弟捧出一羽深雨点幼鸽,开出血统书打三折你要不要?时代变了,眼光也变了,这也是进步,朋友,您觉察到这种变化了吗?

【随笔,07 年 10 月 2 日】

12. "胡本"稀便

2006 年打扫自家鸽舍时,总是见到一个巢格里有稀粪,稀到自行往外流淌。观察所有鸽子,从表现上看不出谁是这稀粪的"主人"。于是注意了谁在这个巢格休息。哈哈,一羽"胡本"灰砂眼雄鸽,1 岁,光棍一条。用药无用,看上去一切正常,让它繁殖后代试试。头窝出一对雌鸽,雨点黄眼白条的羽色和眼砂随其母,但粪便随其父,总是稀的,瞎子害眼——没有治了;灰砂眼的羽色眼砂随父,粪便正常。日常观察,灰的精神总是稍逊于它拉稀的同窝妹妹。月龄合适了,姊妹俩逢训必上,逢赛必上。看成绩,两羽雌鸽还都可以,但灰的总与雨点白条差一点点。雨点能飞进前 10 名,灰的在 20 名上下,若以比赛一次本舍放个十几羽计,大多数都飞在拉稀的后头呢!

先天自然性粪便稀,好像不会严重影响赛绩。

【随笔,07 年 4 月 4 日】

13. 建议养一只白鸽

棚中现有白色雄鸽一羽,10 月龄,砂眼,个头大,抓握困难,身体强壮,活泼,爱飞。

如果天上有好几群鸽子在飞翔，你见到它在群中，可以立即判定哪一群是自己的，群势的高度、速度、密度等数据一目了然。

短途放飞时，你目送鸽群飞远了，欲离开，其实很多情况下，它们还可能于稍后又折回到司放地上空，甚至回来好几次。看到群中的白鸽，你能很容易地判定飞来的这群鸽子是不是你的，评估鸽群定向情况。

相比而言，红轮鸽子羽色虽浅，还是不及白鸽明显，再说红轮鸽子数量较多，不能以此判定鸽群的归属。

【随笔，07 年 3 月 20 日】

14. 今天打最后一次 500 千米

北风 3 ~ 4 级，阵风或有 5 级，楼顶很冷的。躲在南墙根下的隐蔽处等鸽，可以看到东、南、西方向很大一片空间。偶然转头向北边的鸽棚处瞅一眼，居然有一只鸽子站在跳笼踏板处，瞭望，理毛。没看见是从哪个方向飞回的，应该是北边，顶着逆风飞到偏北方向去了，而且也没在鸽棚上空转圈儿。还想隐蔽着看它进棚再捉，嘱咐自己这回手脚要轻点儿——但它就是不进，看上去也不累。笔者赶紧现身，慢慢踱过去想逼它进跳笼栅栏门，见有人走近，它不显害怕，但想返身再跳上屋檐，那就麻烦了，只好后退，它又恢复悠然自得的模样。想想得换一招——进屋内撮半茶缸粮食，摇晃着，沙沙有声，走进棚倒进食槽，棚中鸽围上来抢，它一头扎进来……轻巧捉住，摘胶条，然后轻轻把它放在水壶边，不扔了。打上信息看它按部就班吃喝，没有受到惊吓的样子。感觉还是缩短了进棚时间，每一次要审时度势，观察表现,使用不同引诱方法。

有趣的是,连续 4 次比赛,本棚鸽子归巢的前三名顺序都是固定的。

【随笔,07 年 11 月 18 日】

15. 就不说鸽之 GPS 篇

在大羽数好天气密集归巢的中短程比赛中,使用 GPS 确定了鸽棚位置的城市,有直线飞行距离越长越沾光的趋势。几年打下来,头脑活络的鸽友已经搬了几次鸽棚了——放南搬北,放西搬东!下雨天往地里跑,打破头用扇子煽,很耐人寻味的。我们这里称这种现象为"扣减",上海人叫"让分"。据说使用"甘纳斯"牌武器的沪上邱嗣高、周渊等腕儿,都离开南京路上好八连驻地,在浦东甚至比远离市区的浦东机场还远的南汇建据点了,那大小奖赛里从 1~10,司空见惯,6 位数啊!

笔者明天悄悄找房子,鸽棚搬得离司放地越远越好,谁也不告诉!

【随笔,07 年 2 月 2 日】

16. 考夫曼的鸽子叫挺拔

这羽考夫曼系雨点砂眼雄鸽名叫"挺拔",国家赛 630 千米 17 名(因故推迟打钟),母亲身世、背景不详,深雨点黄眼,是一位鸽友看好了"米兰"直子,提供雌鸽"合作",只说雌鸽是专门培育留种的。结果把"挺拔"的同窝雨点白条给了对方(爷爷是银灰全白条),戴环时比这羽早两天,大小悬殊。对方对幼鸽十分满意,但开家成功后不久丢失了(棚势差)。留下的这羽是次雄鸽,发育后个头并不小。

得出一些直观印象,不算结论的。考夫曼鸽系的遗传能力强,结构羽色与配偶差异大时,"拉力"很大,后代偏于考系外观。"挺拔"的母亲是深雨点浓黄眼,但它与同窝兄弟羽色并不深暗,还是带有考系基本特点,也体现渊源鸽系詹森的斑点分布特点,白条隔代仍然出现。"挺拔"还是与父亲、爷爷一样的砂眼,没有被黄眼"同化"。此路鸽子,打500千米以上、700千米左右,好像更加得心应手。630千米父子同归时,漫天浓雾。"挺拔"配爱亚卡普詹森,后代还是考系身架,倒驴不倒架,直接打公棚也是前名次,拍卖时站在笼里依旧挺拔。

考系鸽子在敝棚已使用到第四代。

【随笔,08年1月24日】

17. 考夫曼现象

考夫曼的鸽子多关综合能拿优胜,往往还不止一羽。这样的赛绩鸽引进种用,比较可靠。现象是:考夫曼的鸽子外观比较一致,配考氏指定配对,后代成绩自不必说,胡乱搭配,效果竟也不差。一代发挥好,配了别的鸽子,后代仍发挥,不次于一代,模样还像考氏鸽。二代再配别的鸽子,后代还像考氏鸽,某种意义上更像了,赛绩尚未及检验。考夫曼鸽什么模样,大家已经很熟悉。

【随笔,05年8月2日】

18. 南下北上纪事

2006 年夏,趁有假期有会议,南下、北上各一次,忙里偷闲,会见南北"中信"贵宾各一位,发表了"南巡讲话"和"北方谈话"纪要各一篇。接见时趁对方激动,连唬带敲,令其说出很多实话,当时假装不在意,其实瞬间全部过滤完毕,有用之处全部存入头脑中的"D 盘",效果基本与美制 EP－3 侦察机的电磁波收集过滤功能相当。

返回大本营,立即进入一级战备,将南北贵宾被迫说出的招数,经筛选后将主项疯狂检验,战局令人满意。

从第四名开始,前十、前二十、前三十,简直到逢上就有的地步。

补充:南方贵宾飞长春的招数是战略性质的;北方贵宾飞天水的招数是战术性质的,同时灵活使用,珠联璧合。

【随笔,06 年 11 月 28 日】

19. "秋茬儿"

那年"三秋"到郊区支援秋收,地里干活休息时,老乡相互间开玩笑:"你这个秋茬儿!"听得多了,打破沙锅问到底的脾气上来了,缠着老乡问:啥叫"秋茬儿"?开始不熟,老乡笑而不答。后得知是开玩笑的说法,"秋茬儿"是指田间野兔在秋季繁殖的一窝幼兔,属于生不逢时。春季万物复苏,日渐暖和,草木葱茏,出生的幼兔生长良好。秋季天渐寒,草木老熟了,纤维质,啃不动,欠营养,又日渐枯萎,"秋茬们"还要快速生长浓密的被毛御寒，需要营养……所以秋季出生的野兔比春季出生的差很多，瘦小，长不起来，体弱，又很容易被狐罴等擒获，穷极潦倒。老乡此说固然是开玩笑，但证实实践中的观察很有生命力。生不逢时的生命，一误百误。回忆阳春三月出生的小雏鸡，放在太阳底下晒还冻得瑟瑟抖，但加温适宜，生长迅速；六月出壳的小雏鸡，出生就享受适宜温度，但死亡率却居高不下，还是个生不逢时！借我棚雄鸽使用的朋友日前还来时，大谈其为 2008 年春季特比环"适时"做出的幼鸽，通过人工加料长得多么好……其实，天命不可违，天时也不可违，不能简单计算现在做出，到明年某月打特比环在月份上多么合适，这要看季节和气温，生不逢时，小的不行，老的也不行，是骨子里的不行，周期律的不行，天时演进的不行！不能简单机械照搬"人定胜天"的说法，你"胜天"的塑料薄膜大棚蔬菜和错时瓜果，吃第一口就感觉比"时令"的味道不行。相比之下，繁育幼鸽时还是不要想着以大欺小。2008 年春季的特比环，待种鸽换完羽毛，调养到最佳状态，在秋季 10～11 月间再出幼鸽比较好，虽然那也是秋茬儿（与春季的相比）。

【随笔，07 年 8 月 4 日】

20. 深羽色

白色的动物，无论家养、野生，不用造，自己就出来了，属自然规律，如雪鸟、北极熊、白天鹅……

毛色黝黑、四蹄踏雪的阿哈尔捷金马（汗血），还有以英国种为正宗的以褐、黑、枣红等毛色为主的纯种马，却纯粹是人工培育,自然界没有这品种,也没有这毛色的,从来没有,既要跑得好,还要相应美观好看(白的不是更好看吗?——跑得不行呀!要两样兼顾)。属于人工培育毛色和人工培育品种,如腊肠犬、吉娃娃犬就更典型了。

自然界只有灰二线野鸽和少许带斑点的林鸽,没有深雨点鸽,深色的纯粹属于人工培育。在培育信鸽既能相应飞得远,又主要筛选飞得快的过程中,如果出现了深羽色,质量不理想,早就淘汰了,不能留到现在,制造出来,保留下来,自有道理,不好不会延续下来。那个不如浅灰、浅雨点、红轮羽色值钱的现象,属于人们的一阵儿好恶,阶段性行为,未必有科学道理,好比超短裙造出老寒腿,露脐装导致频繁腹泻,海鲜加啤酒培养痛风一样……村松白曾流行,火凤凰曾流行,现在苍白正走红,都是阶段性行为。谁说深羽色的今后不能再度复兴?

【随笔,08 年 2 月 10 日】

21. 深羽毛糙与绛鸽大条之磨损

深羽毛糙这话说得有分量,有知识含量。原先深羽色的鸽子羽质粗糙,近年来明显改善了。有两个原因,外部原因不说了,内部原因是国内鸽友的饲养意识、方法、环境和质量大幅度提高了,随之,对深羽色鸽子的看法也要与时俱进,大胆试用。

绛鸽的主翼羽还有不磨损的?曾几何时,找一羽大条磨损的绛鸽忽然不容易了,变化了吧?应是外部原因导致。

【随笔,08 年 2 月 11 日】

22. 14 羽台鸽,10 分钟

正在干与奥运有关的要事。

电话铃响了,是新鸽友小刘打来的,刚拿来 14 羽台鸽,让笔者去"把把关"。就在附近,快去快回。

先盯着笼子看(模仿上海张顺奎),问:哪来的?"俺姐夫是海洋调查船船长,出海刚回来,一下子抓了四十多……"哦!如果是从福建沿海那儿进的,就不看了。

一羽深雨点,其余中雨点、灰的各半。大条最多换到 4 根,多数一根条未动。眼砂无论黄、砂,多数浅淡,结构简单,与鸽龄小有关。全戴电子环,全白色 2008 年台湾足环,雌雄基本看不出来(无必要),多数足环上覆盖比赛标志,有的还有两种以上标志。估计是真实身份的台湾海翔幼鸽。有的营养不良,不是船上几天的委屈所致,原先质量就不行。

"拿两个笼子来!"开始看,认真,但是快。基本可以的 5 羽;看上去不错,结构有瑕疵的 3 羽;其余直言无价值的 6 羽,也个个过手了,基本礼貌是要有的,要认真,不好也要有具体说法。

【随笔,08 年 2 月 29 日】

23. 石油灾难

我处有油港,每年也有个别参赛鸽身上沾了原油回来,喙上沾一圈儿(刚喝一口即觉悟了)的,回来可能还有不错的名次。腹下沾染了的,影响飞速,回来就不错了,甭想别的,那污渍要到次年春夏才逐渐消失。沾得厉害的,就回不来了,还直接影响到对种鸽的评价呢!

关于石油危害竞翔的帖子实用性、解释性、直观性、启发性都很好,反映了一个现实问题,也一定程度上解答了一部分居住地和赛线上有油田或油池的鸽友,"不该丢"的鸽子始终不见的疑问。

【随笔,08 年 3 月 19 日】

24. 数 据 啊 数 据

一个棚舍,一个赛鸽公棚,一个协会,一个行业,一个民族,一个国家,凡事不重视、不青睐数据,不养成以数据说话的习惯并形成铁律,是不能有实质的、持续的进步的,是没有出息的、没有前途的。

不才先倡导从小事做起,自己先摸索着养成习惯。

数据:

本棚 1 月出的幼鸽在棚 4 羽,目前换到 8 根条的 2 羽,7 根的 2 羽。

2 月出的幼鸽在棚 3 羽,目前换到 8 根条的 2 羽,7 根的 1 羽。

4 月出的幼鸽在棚 8 羽,目前换到 8 根条的 2 羽,7 根的 6 羽。

5 月出的幼鸽在棚 9 羽,目前换到 7 根条的 2 羽,6 根的 7 羽。

总结统计数据,在同样饲养条件下,本棚 4 月出的幼鸽,主

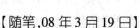

翼羽更换速度与1、2月份出的一样,5月出的则稍微有点变化。

意义与说明:寒冷时候早早出的幼鸽,在主翼羽自然更换方面,未见优势;5月份所出的幼鸽主翼羽方面差别不大,坚定了试验在5月份出幼鸽打当年秋季比赛的信心。

3月份没有出幼鸽,系种鸽队伍产出轮空。批量间隔为1～2月和4～5月。数量为减去送公棚的和丢失的之后存棚月龄适宜的幼鸽。

6月份之后出的个别幼鸽不列入当年秋赛队伍,未统计数据,但与主力幼鸽队伍隔离开来,意图是不干扰作战队伍的休息和训练。以上数据和做法请大家参考并批评指正。

【随笔,07年9月2日】

25. 俗 话 说

俗话说:人算不如天算。好像有一定的道理,虽然宿命论的痕迹明显。

2006年春季配对犯愁了,钦点的种雄鸽和种雌鸽感觉都很好,放开手脚,一次配十对数量也是富裕。A配B,C配D,A配D,C配B……怎么都行,排列组合,九九八十一套方案。油然产生选一黄道吉日,将隔离了一冬的选定种雌鸽同时放进种雄鸽棚中,在震耳欲聋的鸽鸣声中,20分钟搞定! 还赚一个出雏整齐,还赚一个出了问题不是人为的。

【随笔,06年1月23日】

26. 宿 命 论

在鸽道上混的时间长了,会听到一些带有宿命论的言论。张三说,他的鸽子足环尾号为 3 的,能飞好成绩;李四说:他的尾号为 6 的鸽子一贯飞得好。自己拼命想想,自家是尾号 5 的好像成绩好一点,要说不出来,好像你在鸽道中很嫩,缺乏经历,因此一定要说出点什么来。

其实笔者认为,最大的宿命是不能戴特比环,凡是戴了的,一定飞不好,自打"爱心杯"那年月就是这样。建国 50 周年大庆环,质量多好! 颜色多艳! 戴上后多壮观! 飞一遍不行,杀,再戴上,还是不行。"二茬"最后归巢了,没等杀,不见了。几个月后,发现死在竖着的大瓷管子里头,木乃伊了。再戴,第三茬了,不归巢,连环都丢光了。

之后普通环插组押大奖能拿个补偿工资,特比环一概没戏。所以任何人忽悠买有名堂的什么怪环,一概拒绝。5 个特比环是随当年新足环下发的,必须买,费用混在注册会费里头。5 个也多了。今年刻意选了 5 只幼鸽戴上特比环,要翻身! 平反! 嘿! 开家两月丢了一只。昨天眼睁睁大白天又少了一只,4 个半月了,训放几次都归巢,早上还看见,晚上喂食时愣就没有! 憋气! 普通环的个个不少!

最后还是想通了——不是盯着哪个哪个丢,而是既然特比环一贯不好,你心疼特比鸽却是为何? 如果特比的全丢了,不是还可以依仗着普环打天下吗?

27．小 窍 门

当前鸽棚前小毛乱飞，你不打扫时，它在地上，你扫帚还没到，它先自飞舞起来，很烦人，影响到邻里关系。最近学了一个小窍门：用浇花的塑料气压喷壶，在小羽毛上喷洒一点点水，它们就老实了，用扫帚轻易清扫干净，很省力。即使家里没有喷壶，到花卉商店买一个也合算，秋季喷鸽毛，平时喷花卉。大概10元一个。

【随笔,07 年 9 月 14 日】

28．新"屁股理论"出台之前后

比赛上笼之前，装模作样地将十来羽鸽子捉进笼里先捉摸捉摸——实际就是为足环登记准确而已。已经捉住了，不能轻易放了，得审查审查，又不会看，也无标准，按照一般惯例，眼、嘴、条、耻骨都滤一遍给自己的眼过过生日罢了，至少还落一自欺欺人嘛！猛然想起得看看胸部，专业网络上介绍：鸽子状态好的时候，龙骨两旁的肌肉红润，皮肤薄，透明，像婴儿的屁股，"吹弹可破"。于是将一羽羽鸽子翻过来，扒开羽毛看"状态"，看了一羽不行，又看了一羽离标准差得远，再看一羽还不如刚才那一羽呢！十来羽鸽子看完，自己跟自己说实话，勉强够"屁股"级水平的，就一羽雌鸽，于是在登记表上它的足环号后面，打上一个勾，但骨子里并未把此很当一回事。将多少有点儿"屁股"意思的，也打了那么四五羽，印象中就那一羽还合标准，其余陪衬。但"够"标准的雌鸽，要个头没有个头，要羽色没有羽色,深雨点不到程度,基本也差不多,插几根白条,还磨损了,飞时可能使不上劲。也没有"巢态",没有对象,没有住房接纳,自己蹲一踏板上过夜。

次日比赛开打了,1 200多米的分速,300来千米,快吃午饭时来鸽子了,第一羽黑不溜秋的,还领先落棚呢!心里嘀咕这不是自己的它不会单独钻自家跳笼啊!怎么来的是一点"印象"也没有的家伙呢?追雌鸽的,配对的,孵蛋的都还没见呢!打完电话报完到,打开电脑查询,核对足环号——吻合——就是最"屁股"的那羽小雌鸽先到!市里名次不鲜亮,进了10%而已,自家单独核算也是很有意义的,不是操作的乐趣吗?成果的检验和探讨吗?自身状态打败巢态,心中暗暗形成一种相当固定的新概念,捎带引申——之后插组选定大奖参赛鸽也依照这个标准执行,准确率应当是上升的。

晚上参加一个鸽友聚会,席间一年轻鸽友虔诚询问:您说什么样的鸽子能飞在前面?我底气十足、毫不迟疑地回答:状态好的飞在前面!对方脸上的变化很微妙,很快那神态归为失望。我补充:飞在前面的鸽子,什么体型的都有,什么条型的都有,什么性别的都有,什么眼砂的都有,什么巢态的都有。对方开始小幅度点头,若有所思,脸上又有了轻微的神态变化。接着趁热打铁抛出中午刚刚经历的"屁股"事件证明,席上一干人听后群情振奋拿出手来准备即席鼓掌被我制止了。

后来又补说了一通谦虚的话,比如"还要不断学习"云云,大家认为很实在。

29."英雄"

棚中有一羽足环尾号为 985 的垃圾灰幼鸽,经历了这样一场变故:开家不几天的它,不见了。约 1 周后回来,尾羽全部没有了,身体后部是一个尖,很滑稽的,飞上天像一只山草鸡。不戴足环的脚上,增加了一枚"半识别圈"(将一个识别环横剪成两个用的模式)。这说明它被捕捉过,被俘的当时尾巴被揪掉,而且是被捉住豢养试图据为己有,所戴标志为证。但是它不为所动,抵制了威逼利诱,挣脱羁绊,在水平尾翼(原来就没有垂直尾翼)完全脱落的情况下,奋力飞回自己的家,然后坚定不移地留下来,毫不动摇,像只山草鸡一样跟群家飞……

现在它的尾羽已经全部重新长好(耗时 1 个月左右),仍旧让它还戴着那个半截识别环,每天关注着它,看它抢食、休息、家飞,把它视作英雄。

【随笔,07 年 8 月 2 日】

30."早老症"

此事与时代有关。20 世纪 60 年代,几乎所有信鸽的雄性鼻瘤都很大,雌鸽也不差,鼻瘤比现在的雄鸽大多了。经过"文革"的间隔中断,后来引进的国外鸽种以及从台湾海峡附近网罗来的台鸽,鼻瘤忽然都秀气了,以老眼光来看,简直雌雄不分,难看极了,很不适应。笔者有一喷点砂眼台湾足环雄鸽,气宇轩昂,唯鼻瘤是此前不多见的狭长形,也不翻大。借给朋友兼鸽道老师用,其间被省里来的资深领导看到了,以为雌鸽,爱不释手。

被告知是雄鸽之后,弃之如蔽履。后来转回自家棚,连配三雌,后代均刀刀见血。

【随笔,07 年 6 月 12 日】

31. 种鸽的年龄与产地

欢欢网友的建言,可能含有种鸽年龄的问题,也有他明智指出的操作技能问题,还有贵系网友的"葡萄牙"问题……

(1)种鸽 6～10 岁,雄鸽随时可能无精,雌鸽只要能产蛋,无论急剧变小还是只产独蛋,还能"进行",但质量就不行了。

(2)台湾、大陆,种种原因,只能操作到原环外籍鸽的子一代,要么中止遗传,要么再买……

(3)贵系的"葡萄牙"等,虽天落出身却不能划归天落鸟,从意识上和实践方面都是如此。看产地:四川产的贝母(川贝母)平喘,浙江产的就不行;宁夏的枸杞补气,因此入药,自家后院的枸杞,地位直逼野草;比利时的鸽子一旦"天落"……啊哈!

【随笔,07 年 9 月 7 日】

32. 自从我不进种鸽了

我的种鸽队伍,从数量和年龄方面合计,足够支撑个三年五年的,若不停地引进,势必搞得眼花缭乱,原有的、新进的种鸽都参不透,用不透,属于数量制约了质量的局面。

再说了,我现在如此"宣布",不是言自家的货色有多么好,是告诫自己,不要这山望着那山高;吃着碗里的,斜眼看着锅里的;老娘们儿买时装,总是缺着店里的那一件……

我是给自己"宣布"的，来个"一条禁令"，不能乱了自己的"操作系统"。何况如兄弟们说的：满足了预期水平。有时候也偷偷地进个一两羽，没办法！

最关键的原因：越是不引进种鸽，现有的种鸽发挥得越好、越彻底。

【随笔,07 年 11 月 26 日】

33. 自 然 弄 人

需要嘱咐各位一下，尤其是南方的鸽友。

鸽子的"先人"眼镜蛇、竹叶青、五步蛇、金环、银环、蝮蛇什么的，红外感受器（颊窝）厉害！老农上山，穿着长裤，还是被蛇咬伤，注射了毒液，有的丧了命。因为路过蛇的防区或栖息地，侵犯了它的利益，它们追踪热源，往农民大哥裸露的脚踝那里闪电般来了一口，毒液瞬间注射完毕，但绝不咬解放鞋——不做无用功。

被自家鸽棚里的"苍白"们啄了手背无所谓，被"烙铁头"们咬了可是劫数！上山，注意不要暴露您的红外线发射源啊！

这一点我们不如狗，它们不慎被毒蛇攻击了，立即趁蛇毒尚未发作，飞跑出去寻找某种解毒植物吃下去（狗吃草），平安无事。因为它们跑得太快，人们至今不知它究竟吃了什么。

猫咪吃了异物，跑到草丛里大嚼草叶刺激催吐，保护自己。你家住高层？猫咪不能下楼找草丛，你家的盆栽要倒霉了！

唉！自然弄人啊。

【随笔,07 年 12 月 21 日】

四、杂感篇

1. 168报到方式使用感想

有使用168信息台报到的鸽会,比赛鸽子归巢之前,允许试打一次报到信息,检验系统灵不灵。有的打111112222333……有的将自己属意的参赛鸽信息输入,5位暗码随意编排一下,看上去真假难辨……

鸽会"同步"将168信息挂在网上,你也不能完全看出哪是虚打的数据,哪是真实的数据,虚实信息的"接缝处"是含糊的,理论上可以在接缝处塞进N个数据,如果你的鸽子来得很早,理论上排在你的鸽子前边的数据可以都是假的……新近听鸽友介绍,上海在比赛鸽归巢前严禁拨打168信息台,以防浑水摸鱼——还是上海养鸽人的脑子大啊!

【随笔,07年10月27日】

2. 奥运赛与哈密赛之异曲同工

假如 2008 年 8 月 8 日第 29 届夏季奥运会开幕时,有一些地方将鸽子运送到北京开笼,举行了庆奥运比赛,我们是倾向于打了"爱国"牌呢,还是打了"耳光"牌? 前者不多说了,我们的习惯性思维和长项;后者是在夏季最炎热、鸽子换羽整体状态最差时强迫其"爱国"出征,这一点与哈密赛的勉为其难,有相似性质。

要说哈密回来一个就是成功,则 2008 年庆北京奥运赛鸽一定成功!

鸽界应另有合理的庆祝方式,难道就会哪里有事就在哪里放鸽? 还有没有别的创意? 庆祝核武器试验成功时还没来得及就地开笼,那笼子自己就化了,鸽子化不化?

——不化! 25 只一拨"穿越"了蘑菇云呢! 接下来还有 2 500 千米路程直抵滇池……

【随笔,07 年 7 月 4 日】

3. 不 抗 推 敲

常来随笔,就会被灌输两个概念:

(1) 引种要到心地善良、品德诚信、口碑好的鸽主家进行,买到好的有把握(还不贵)。

(2) 鸽子这东西,弄回来不检验透彻了,神仙也不能一眼看出优劣来。

既然有二,哪来的一?

还有一大批（1）和（2）都"顶"的,我反正想不通——他诚信,原本想卖给你好的,最终卖出了差的也说不定。碰到诚信的主儿,买下了不好的,还不好意思声张,更落一哑巴吃黄连……

【随笔,07 年 10 月 31 日】

4. 不 是 绕 口 令

为什么我们撅着屁股忙活半天做出的都是比赛用鸽,种鸽要到外国去买?

为什么外国人闹着玩儿似的就做出了种鸽?

为什么外国人一不小心做出的赛鸽买来就成了种鸽?

欧洲人踢 100 年足球,踢出了世界精华。

日本人踢 30 年足球,踢成了亚洲泰斗。

韩国人踢 25 年足球,踢成了东亚霸主。

我们踢了 70 年足球,踢出了(永远)年轻的中国足球……

【论剑,06 年 9 月 25 日】

5. 双 差 生

过去中国教育界有个术语,称德育、智育成绩都不良的学生为"双差生"。后来觉得过于刺激,改为"后进生"。笔者的看法,后进都能赶超先进,是不现实的,双差今后还是要有,这符合客观规律。你再倡导优生优育,也有质量不高的畸形儿出生。

笔者在鸽棚中也发现过"双差生",指定向能力与体力都不佳的鸽子个体。原先饲养条件与饲养观念都不行,鸽子总体上体质差,500 千米飞回来,在鸽棚顶蹒跚挣扎,拖着翅膀进不了

活络门的现象很普遍。经常需要隔周参赛,1 周后连续打体力不支。

现在条件好得多,情况比较整齐、理想。但是,在比赛筛选中,还是有"双差"类型的鸽子出现。2007 年本棚有一羽浅雨点白条黄眼雄鸽,血统过硬,身材外观都属上乘,还戴特比环。但是,在赛前训练中,发现这羽鸽子其实很"虚",短距离回来就显得很累,恢复慢,而且不止一次出现多天在外,归巢很迟的现象,说明定向功能也不强。最终未杀掉这羽鸽子,是想利用放飞过程彻底检验,看最终结局如何。后来 500 千米归巢,复放 420 千米丢掉了。

跟大家探讨:内在体质和素质差的鸽子,表现在连续归巢迟,多天归,即使从正常分速归巢,也比其他鸽子明显疲劳,经多天恢复效果也不好,即使血统不错,手感羽质、肌肉也不错,也不能委以重任,不要存在"明年再试试"的想法了。

【随笔,08 年 2 月 13 日】

6. 该引进就老实引进

笔者感觉自己的话说得不透,各位因此可能在理解上有一点出入。英国人的做法,实质是纵然我家里千般都好,工作犬不如德国的,就承认;德国的好,我们就实实在在出钱买德国的。实事求是,顺其自然,充分体现了英吉利民族的绅士风度。老美认为什么东西都是世界最好,但其军用卫星上就使用日本"尼康"高分辨率照相机,便宜、现成、可靠,并不因此损失美利坚合众国的"国格",也不必用 8 年时间"攻关",终于造出质量超过日本"尼康"、"佳能"的高级相机。

不要把"与时俱进"又当作口号喊3年(一般习惯性周期),要与时俱进地做事,动手,实践。

超远程形式若真的不合时宜了,就果断放弃。

若眼前确实没有育种的那两下子,就堂而皇之地去买人家的好货,不要拍了、买了,嘴上还习惯性地嘟囔:洋垃圾。

【随笔,08 年 1 月 16 日】

7. 鸽队如球队

一支球队都有核心人物,一支著名球队有高质量的核心人物,甚至还不止一位。NBA 休斯顿"火箭"队就是这样:拥有"小巨人"姚明和"腕儿"级球星麦蒂。咱们的媒体说话老带倾向,老有"框框儿",譬如王楠刚刚输给海外兵团的唐娜,就是"意外输给",于是姚、麦谁是火箭队的正核心,谁是更大的"牌儿",我们是得不到准确界定的,恐怕要淹没在对姚明极尽赞美之能事的爱国情结当中的。美方媒体的评价,我们基本不得而知。

鸽队如球队,也有核心的,称镇棚之宝。不同的是,球队的核心是打出来的,鸽队中的核心往往是买出来的,包括嘴上炒出来,纸上写(印)出来,意识中默认出来的等等。那核心一垄断就是 3 ~ 5 年,其中鸽(球)队成绩不好,往往在核心之外找原因,就是笃信这核心是没有问题的,应该没有问题嘛!尤其是这核心是"外援"。甚至,麦蒂和"李晓霞"们已经崭露头角几次,意识中还是不能撼动老核心的地位。

是否先试探着将"核心"摆在与其他球员、其他种鸽平等的地位看待一次？平心静气地查阅几年来核心与其他成员的业绩,摘下有色眼镜看看真实数据,客观评估。

本棚的经验是:核心是打出来的,真正的核心都是本身战功赫赫与后代战功赫赫的种鸽组成。

意见仅供参考。

【随笔,08 年 3 月 8 日】

8. 我们鸽界的研究方向

鸽钟来了研究鸽钟,168 来了研究 168,电子踏板还未来,先拿着说明书研究踏板。

我们是很能"研究"的,锲而不舍。

为什么世界上那么些好东西基本没有我们研究出来的?

可能,我们的研究方向有点儿问题。

【随笔,06 年 8 月 16 日】

9. 鸽子是私有财产

能从财产角度看待此命题,那是一个实质性的、明明白白的进步,符合马克思主义。

十几年前,我地一位铁路鸽会会员(列车员),向楼下一位掂着气枪明目张胆欲打他家鸽子的青年喝道:"这是我家的私有财产,你有什么权力打?"对方受到震撼,乖乖收起枪。笔者听到这句话,当时也受到震撼。

震撼是很有用的!

有档次的语言才具备震撼效果。

【随笔,08年2月8日】

10. 供奉"国血"

张梅龄、王梅龄与李梅龄一起引进,持续引进,不曾间断,连"李鸟"都产生不了,"国血"口号都喊不出来。停止了引进,没有产生什么独特的东西,生生憋出个一统天下的"国血"李鸟,效果像商家要供奉财神爷,谁也没见财神爷长什么样,将就着把关帝庙里的关老爷神像克隆一个来,硬性指定就是"财神"! 俗话说和气生财嘛! 你看他(它)那瞪眼扒皮的凶模样,能送财来才怪! 可是不供它,你供什么? 不能只点两根洋蜡(通电才有"火苗")吧!

你看! 蜡烛都是"洋"的。

【随笔,06年8月19日】

11. 国产鉴鸽术回放

曾几何时,洋洋数千言的文章中读得"丫"状羽梗裂痕理论时,你会被无懈可击的推理整治得五体投地,当你寻遍你所能看到的鸽子的全部大条,也未能发现一个所谓"丫"状裂痕时,只能怪自己不具慧眼;当已戴上足环的雏鸽生长了插白条也不会被摔死的时候,你又得细查这白条的根数和着生位置,多了不好,少了也不一定好,关键是要恰好"到位",才属"黄金条",你等着"开和"吧! 当你发现棚中某羽幼鸽单侧或双侧多一根主翼羽时,你高兴地奔走相告,棚中出现了极其宝贵的"十一条",

认为它将来的飞速要比通常十根大条的鸽子快 10% 。可如今你可能再也不会去数雏鸽的大条数量了,你觉悟到此举与那第十一根大条一样,纯属多余。红眼皮的鸽子,曾被打入那种"放出去最好别再回来"的另册的,后悔不迭的是,而今才知,这红眼皮竟是詹森鸽系的表征之一。胫上有毛的鸽子出现了,张"师爷"说这鸽子笃定会快的,是"飞毛腿";李"师爷"说这是"丧门星",至少是退化和返祖的表现,你何去何从? 一通"开腭闭腭优劣论",引导众鸽友纷纷逮住爱鸽,扒喙看腭,一时间鸽棚仿佛填鸭场,扒嘴技艺纯熟。开腭者一半,闭腭者一半,实际还有半开半闭,半闭半开,昨开今闭,昨闭今开的,快速鸽有开有闭,慢速鸽有闭有开,结果令人"愕"然,你看着办吧! 大条内侧黑中泛红谓之"火烧条",乃正宗"李鸟"之天然暗章;绛雄鸽身上有黑点者,乃正宗"G 绛",绛雌鸽身上永无黑点,因此全都不是"G 绛"。眼砂层次五重,越看越乱,新增一重"外封砂",起决定作用,扭转乾坤的。一只黄眼一只砂眼曰"阴阳眼",千载难逢,奇货可居。屁股上有白毛者谓之"漏底",腰部有白羽谓之"断腰",背部有白羽谓之"白背",没有白羽的笔者斗胆自行命名为"灰背"。其实白也灰也皆乃小可,一不小心背羽中生出黑点,学问大了。当年笔者于鸽市上见一中年鸽友,发现某羽雌鸽背上有一片黑点,那份感叹,那种眼神,真如见到一条活的恐龙姗姗走来。这怎么能问道理何在? 这怎么敢问为什么? 琢磨去吧! 博大精深的玄机绝非语言这低级交流工具所能负载,嘘——只可意会,不可言传。日后你见得多了,那自然另当别论。除却巫山不是云,黄山归来不看松。毛泽东豪迈地吟道:

"俱往矣,数风流人物还看今朝!"我们确实经历过许许多多的东西,即使它们不一定真实可信,不见得合乎道理,只须告诉我们自己,这些是必须经历的,也就释然了。由于封闭和落后,或许还有自大,我们重新经历了别人 19 世纪便已经经历过的东西。回眸往事,我们对经历过的事物,能辨别真伪,去粗取精,本身就是难得的进步。进步就是财富。

【随笔,07 年 9 月 30 日】

12. 借鸽子

"始作俑"的题目,是说借,不是"不借"。除了开口借,其他交流方式全都不在讨论和评议范围,甚至借给与不借给都不在"圈儿里"。人家没开口,你喊:"站住!拿着!"硬把鸽子塞人手里,一是你随便,二是你酒后……重申原始议题的基本含义:是帮助恒借了十数年,没有什么成绩,眼睛还在盯着别人棚,坚韧地幻想终究要借出一片天地的鸽友,你应该改变观念了!即使停借,不过是加大刺激"这一个"幻想者迅速觉悟的方式罢了。通俗点说,大概就是继续暗中供给大烟和强制其戒毒的方式差异。

只有开口借鸽了,借到了,就是朋友,就是鸽界唯一检验是否够朋友的标准与试金石?此公式成立?反复借,反复给,反复检验?"鸽友"之间就只有这样狭窄的演绎内容?你一直是这样理解的?你在台面上还是台面下?

窃以为朋友者,无论鸽界内鸽界外,一概是有档次的,有与生俱来的高下雅俗之分。粗分无非上中下,细分我看有极品朋

友,有上品朋友,有一般朋友,有应酬朋友,有酒肉朋友,还有郭冬临饰演的,年三十吃人家饺子耽误人家的事,还问怎不上醋的甩不掉的"实在朋友"。打个电话就来扛粮的,不来不行的,很侠义啊!这样的伙计叫朋友就有点夸张了,那是《上海滩》中冯敬尧和阿力的关系,南方人叫马仔的。

多有得罪呵呵!

【随笔,08 年 2 月 7 日】

13. 还在借鸽吗

借鸽这种行为早晚要退出历史舞台的,在以前特定时期和环境中,米面酱油醋曾经被频繁地借来借去呢!如今自动停止了。

一个自然过程。

【随笔,08 年 2 月 7 日】

14. 截　借

关于借鸽子的话题说了不少,见仁见智,大家发表看法许多,讨论得也差不多了,发个帖子表示告一段落。

思考可能会是持续的。

借字出现频率很高,但总结起来看,借原本并不是焦点和核心,虽然许多人将眼光锁定在"借"字上。借是引进的一种方式,长期的进,持续的进,不断强化进的意识,但就是不出成绩,应该提示当事人考虑"进"(引种)字之后的内容了,无论你采用什么引进方法。这是大讨论的原始目的和发起动机。为什么

"借"字出现率最高？因为借的方式是陈旧落伍引进种鸽的典型代表行为,最该首先退出历史舞台,大家在讨论中,也集中揭示过这种方式的弊病。

不可能一刀切,不可能一通百通,不可能立马绝迹,还是会有一些借或类借方式存在和进行的,很正常。

近来又遭遇"强借"。不是强行索借,是联系强行"供借"——拿来自己的优质种鸽主动与你合作,配合的后代意图做某种作战考虑。显然对方看中你棚中的某些种鸽,或者看中你棚种鸽的整体素质与档次,寻求合作。我觉得这是健康的,很有发展前途的方式方法,不但不要阻止,相反应该促成其进行与成功。你成为别人或别人成为你科学、安全试种的合作单位,很荣幸,很科学,很合理,也很巧妙。这不是一般意义上的借,也不是为借而借,下意识的借,过程式的借,无奈的借,不产生价值的借,是一种借助,借重。当然,一定要征得欲合作方的同意,不能强求强迫,具体操作方式和目标也要事先细化透明。

大伙意下如何?

【随笔,08 年 2 月 11 日】

15. 不拍不买记

拍卖会上的 PK,那是高档人的活计;上手摸裆门、掂平衡后付款,不还价买鸽那是中档人的活计;两档以外的还是采用借。借有两种,富人的借是策略,拆借资金,运筹帷幄,闪展腾挪;穷人的借,说白了就是要。

（1）X 君开始不是借,是截。因鸽棚改造临时使用过他家

的一个废棚存鸽（一个水泥垃圾箱封住上口和侧口而已），"撤军"时，被硬性留住一羽刚买的台鸽"用用"，碍于情面留下了。不久，来电话，那羽台鸽没飞回去啊？笑话！我350元刚买的放你处，要飞回也得回你家"垃圾箱"啊！丢了的代名词而已。

（2）C君上门求两羽种雄鸽"使使"，考虑一番，不好拒绝，拿出4羽种鸽让他自己挑，相中两羽。逐渐开始盘算C什么时候会还来时，电话到：不好意思，你嫂子喂鸽时不慎逃掉一羽——还得好言抚慰。不久，电话又到：另一羽开家开丢了！真正匪夷所思：我的东西又没声言送给你，只是借去用一下，我这儿没有开家的鸽子，你一个比我养鸽历史长久的人，开的什么家？你这样说我就不好解释了……你本来就不好解释——你做的事就决定了你不好解释，原因是认为借来的鸽子开家后，有利于在自己家喂的小鸽子更加健壮云云。对方的设想很是合理，你的结局是丢失两羽借出去的种鸽。

（3）P君直接上门求种，不说也知道是来借，请你吃饭。12月借走两羽种雄鸽，讲好用后还来。次年6月，问问还在做最后一羽；7月问问，还在做最后一羽；8月放出狠话，制止那还是极有可能的"最后一羽"。这两羽鸽子，在我处根本就不会再做最后一羽了，5月份就停用休养了……好歹送回来了。两羽雄鸽双翅大条上伤痕累累，一个冬春夏三季9个月在露天阳台粘着翅膀"做鸽子"，不胜唏嘘啊！它们一生中就应该因为我抹不开面子出借了它们，于是遭此磨难在劫难逃？

（4）M君借走一羽种雌鸽（要黄眼的），半个月后来电话了，哭腔：没回去啊！开门不慎，嗖地……嗖什么嗖？自打借出我就有"嗖"的思想准备。语言平静:在我处未开家,在你处,可能会回来,等 3 天吧! 3 天后,电话又来,还是哭腔:回来了哈啊荷和呵呵——电话里都能看见鼻涕。够了!那鸽子你留着吧!不要了。我买断!什么? 不要钱? 请您吃饭! 呵呵,既不买断也不吃饭,此后见面不提不谈,算算至今,已有 3 年。

【随笔,08 年 1 月 30 日】

16. 借 鸽 之 续

(1) W 君借走一羽雄鸽。半个月后,那雄鸽隔三岔五飞回来,看上去在借者家里哺喂幼鸽。嘱咐 W 君,喂小鸽子时你怎么让它屡屡逃回? 上心一点! 对方唯唯诺诺。日后状况依然。偶然去到 W 君附近的 Z 君棚中访问,真相大白。原来 Z 君问 W 君借鸽子用,W 君就跑到我这里借了一羽说是他的,给了 Z。Z 家是落地棚,独门独院好开家,就打算开家,反正两家相隔不远。结果是一开家就飞回我家,W 君不厌其烦到我家来取,再瞒着我给 Z 君送去——这属于套借,你出鸽子,人家中间做了好人。

(2) L 君开口借走一羽雄鸽,3 个月后鸽子逃回,别的鸽子换羽完毕,这羽还跟毛桃似的,一派穷极潦倒的样子,借者不来电话,见面也不提这羽鸽子的下落。忍气吞声将鸽子养好,次年重用之(越狱鸽嘛! 大难不死),国家赛 630 千米大奖 47 名,直子单关 3 名、25 名,三关综合 13 名。L 君的"马仔"来看过赛绩鸽,对三关 13 名的父亲"有印象",辨认之后肯定地说,这羽鸽子是从他手里逃走的,当时在师傅家见到看着顺眼,要拿来用用,师傅未置可否就递过来了,后来不知怎地就逃笼了,没想到

竟然——飞奔过去询问师傅,师傅(L)"使劲儿想也没想起"曾有这回事。

【随笔,08 年 1 月 30 日】

17. 借鸽之续后续

【臧天朔】:"朋友哇朋友!你可想起了我!"

——朋友不想你,还不想你的鸽子?

(1)X 君借走你的鸽子,总是扔下一句套话:你的鸽子到了我家,三天不吃食儿!是挖苦你的鸽子娇生惯养,还是 X 君家里喂的是猪狗食?你的鸽子应该隔三岔五去他家"劳其筋骨,苦其心智"?

(2)C 君家鸽棚论面积是 1 平方米,论体积是 2 立方米,悬挂在窗外活像立着的棺材(多有得罪)!自家几十羽鸽子在里面风吹雨打,自相残杀,你想想他要拆对重组有多难!偏偏看好你的鸽子还开了口,你的鸽子就非要加入到他家那竖棺材鸽棚里的互相残杀当中去?还兼过两天给你都不开家的鸽子来个开家运动,开到爪哇国里去——大夫不疯,你也得疯。

(3)P 君借鸽子,都装到纸箱里面去了,提起来要走了,忽然想起:不好意思,刚才忘了说,您的这两羽鸽子需要扎起翅膀来用,不然就飞回来了,再说将它们刮了条,也不像那么回事呀,你说对吧?仔细想想,自打进入 21 世纪,就没给鸽子扎过条,这都哪个年月的事儿了,活该你的鸽子还能赶上。

(4)W 君来电话了(不借鸽子来电话干什么?来电就是借),既然要开口,口还不好开,再说也不能常开,还不如狠狠地开一把呢！电话："你那里有我合适用的雄鸽吗？要什么什么品系的,年龄小一点的,太老了可不行啊!"第二个电话："哦,对了,来的时候别忘了给我捎两本杂志看看!"你提着鸽子送去,接头地点是饭店,结帐的时候对方没有什么感觉,意思是我比你穷你又不是不知道,你借鸽子给我赠送两本杂志连带请我吃顿饭就权当扶贫了。

（5）L君家鸽棚地势稍低点儿。就附近动物种类来看,飞禽没有走兽多。家养的鸽子,足环单数的,死于猫口,足环双数的,死于黄鼬口,尾数是 0 的,都丢了——那是叫猫、狗、黄鼬给吓走的。你送鸽子,传送带一般地送,是送黑无黑,送白无白。后来改借你的了,凡借,都有目标,羽色、眼砂、品系、赛绩、性别、年龄,头头是道,比你自己都清楚,是长期惦记研究的结果。总得满足两羽吧,忽闻又有惨祸了,忐忑前往探望——黄鼠狼连吃数羽,吃不动了停下来,留在下顿再吃的——正是前年你借给人家的鸽子,命大！但借主连提也未提,既不提你的鸽子命大,也不提是不是趁机还给你——你已经来了吗！而是说你看我损失这样大,你再将棚中鸽借给我一羽,要什么眼砂类型的……

我的鸽子它怎么死还不是一个死,非得"借死"不可？死在自家棚里就不行吗？我想。

【随笔,08 年 1 月 30 日】

18. 精力用在——

假如始终习惯和注重将精力和注意力着眼于这些"末流"位置和角落,我们的整体水平,何时能跃居世界前列呢？不仅仅

是鸽界的问题,应该也是各界的问题。而问题的核心,在于思想意识的着眼点和注意力的角度是否健康,在于发展的方向和道路、途径是否正确,在于视野和心胸是否远大和宽阔。

【随笔,08年2月3日】

19. 我们精通什么

其实玩鸽子一直被斥为不务正业的,因此也玩得很好,玩出了精彩,玩出了神通,看鼻泡、看眼砂、看气口、看舌尖、看眼盘、看气囊、看龙骨、看耻骨、看脚趾、看大条、看副羽、看尾羽、看平衡、看站相、看秉性、看飞姿、看肌色、看头相、看后脑、看外封砂、看尾脂腺、看倒数第二根大条上的油点……AB棚、赛距缩水、不上笼、改168、改造鸽钟、废除好成绩、非正常飞行、气球吊网、招肋骨、拍鸽子不认账、办公棚……玩蝈蝈和蟋蟀也成,差不多的行当,效果一样好。唯独在育出世界领先、全球认可、能传播到世界各地优秀品种和品系的种鸽,这一点儿上不行,因为这属于正业了。难道我们一贯玩不得正业?

【随笔,08年2月4日】

20. 就不说鸽之德国兔篇

[报载]德国超级兔子体大如犬……

来自柏林附近小镇的卡尔·斯兹莫林斯基喂养出一只体重10.5千克,身长75厘米且性情和善的德国最大兔子,并因此获了奖。该兔子被命名为罗伯特,属于"德国灰色巨型兔"。卡尔今年67岁,养了47年兔子。亚洲一个国家的大使,找到卡尔请他帮建一养殖场,卡尔也很愿意帮穷国减轻饥饿问题,对方仅肯以每只 80 欧元开价,而卡尔的巨兔每只实际值 200～250 欧元。卡尔养的一只兔子能为 8 个人提供足量的肉。

怎么又是德国! 我国到哪里去了? 忙什么呢! 中国本兔,白毛红眼,耐粗饲,繁殖力高,就是生长速度慢,体型小,体重极限是 2.5 千克。日本引进后,提炼出日本大耳白,模样差不多,体重 4 千克以上了。法国青紫蓝兔,体重 4～5 千克,引进中国约 100 年了,退化,表现杂乱;德国花巨兔,体重 7～8 千克,"文革"以前就有引进,来了以后,你就猜到发展趋势了,在原来基础上能多长出一两来那是不可能的。如今,那德国佬卡尔又整出比巨兔还巨的兔,我们呢?

我们的口号是:总有一天,让全世界都到中国来买兔子,买大兔子!

【随笔,07 年 1 月 15 日】

21. 就不说鸽之海龟篇

——海龟能靠地球磁场定位。

印度洋里的绿海龟每 4 年都要跋涉数百千米回到相同的海滩产卵。法国研究人员最近发现了海龟具有这种奇妙识途本领的原因,并证实海龟可以依靠地球磁场定位,这项研究成果有助于更有效地保护濒危海龟。

在研究过程中,研究人员首先捕获一批处于产卵周期初期的海龟,然后把它们送到数百千米远的海域放归大海,再通过卫星定位跟踪这些海龟返回的全过程。结果发现,海龟的"导航

系统"如同一个指南针,无论海龟从什么地方出发,"导航系统"总是指向其产卵的方向。不过,海龟只能依靠自己的"指南针"辨别方位,而没有抄近路的本领,如果遇到不利的洋流,一个离产卵地几百千米远的海龟也许要绕道几千千米才能回到产卵海滩。研究人员由此推断,海龟的"导航系统"非常精确,但也相当简单。

在研究地球磁场对海龟定位能力的影响时,研究人员在海龟头顶上放置了一个强磁铁,以扰乱地球磁场的作用。结果发现,海龟的定位能力明显减弱,但它们最终还是可以回到自己认定的海滩。研究人员由此推断,利用地球磁场是海龟辨别方位的一个重要手段,但不是唯一办法。他们分析认为,与信鸽和某些海鸟一样,海龟可能也具有依靠气味辨别方向的能力,但这还是一个需要进一步论证的假设。

【随笔,07 年 1 月 29 日】

22. 就不说鸽之河马篇

美国的天堂动物园里,新去了一个喂河马的饲养员。老饲养员再三叮嘱他,不要喂河马过多的食物,不要怕它饿着,以免它长不大。

新去的饲养员十分纳闷,心想,世上怎么会有这种道理,为了让动物长大,还不让它吃个够。于是,他没有听老饲养员的话,拼命地喂那只河马。但 2 个月后,他终于发现,自己养的河马,真的没有长多大;老饲养员喂的那只,却长得飞快。但是他以为,这是两只河马自身素质的差别,并不是自己的饲养方法的失败。

老饲养员心中有数,但没说什么,决定跟他换着喂养。不久,老饲养员喂养的那只河马又长得飞快,又超过了他饲养的河马。

这时,老饲养员才一语道破天机:"你喂的河马,是因为食物过剩,反而拿食物不当一回事,根本不好好吃,自然长不大,我喂的河马,总是在食物缺乏中过生活。因此,它十分懂得珍惜。正是珍惜的心态,促使它好好吃食,茁壮成长。"

人也是这样,往往不是珍惜拥有的,而是珍惜失去的。越容易得到的东西,越容易被忽视;越不容易到手的东西,常常会加倍珍惜。

【随笔,06 年 12 月 5 日】

23. 就不说鸽之科学有国境了

灭鼠药配方出来啦,老邱开始了他的大规模灭鼠行动!话说 20 世纪 80 年代末老邱在陕西大荔县进行了灭鼠表演,媒体报道说邱氏鼠药"能将 50 米以内的鼠类引出","要杀公的杀公的,要杀母的杀母的,还能将老鼠引上树";老邱可是鼻孔里的汗毛——了(燎)不得啦!人家简直成了土地爷喊城隍——神乎其神的角儿!1989 年 12 月 7 日,广西南宁统一组织灭鼠,杀鼠 35 万只,老鼠尸体总重 82.6 吨;同年 12 月 20 日,邱满囤到安徽亳州指导灭鼠,用药 10 吨,灭鼠率达 91.4%;2005 年 11 月 1 日,青海湖农场鼠患,邱满囤灭鼠 200 多万只。20 世纪 80 年代,来自美、日、德、法国以及香港等 27 个国家和地区的信寄给

邱满囤,一封封来信都表示愿出数十万至上百万的金额购买邱氏鼠药的药方或邀请邱满囤到他们国家去。外国人相继乘飞机、火车、小汽车来到邱满囤家,国内有关部门有关企业也来,希望与无极县邱满囤联营。1988年5月邱满囤当上河北省政协委员。河北无极县农民邱满囤红透半边天!

也许人生不会总是一帆风顺。就在老邱火得不能再火的时候,1992年4月,5位高级农艺师联名上书国务院,披露"邱氏鼠药"中含有禁用的可导致二次、多次中毒的剧毒农药氟乙酰胺。这是国家颁布的《生产绿色食品的农药使用准则》中与DDT、六六六等明令禁用的农药。在毒死老鼠的同时,也会毒死老鼠的天敌,危害人类安全。误食邱氏灭鼠药饵发生多起中毒,灭鼠专家深感不安,呼吁新闻媒介要科学宣传。邱满囤在当年8月向法院起诉5位农艺师,一场历时4年的官司最终以邱满囤败诉告终。

最近,我们这里又"科学"了,农民猎户周正龙在陕西镇平县发现华南虎,还拍摄了大批彩色照片公诸于世。好了,科学家迅速出来"质疑"了——10月18日,中国科学院植物研究所种子植物分类学创新研究组首席研究员傅德志具名在网站上公开劝喻照片拍摄者周正龙,早日坦白。他称,自己以一个从事植物研究二十余年的权威科学家的身份,敢以脑袋担保照片有假!

中国的科学怎么露露头就有了假?次数多了,以后有了真的,人家也不肯相信了。仅举两例,都与动物有关,联想鸽子照片有假,身份有假,成绩有假,足环有假,年龄有假,电子环有假,飞出成绩后被判非正常飞行等时有耳闻。别的东西就罢了,鸽子是要誓死保卫的,所以将鸽子的粮事遮盖起来,不暴露,所以题目归于"就不说鸽"系列,让外行一看就有鸽界无异常的印象。

【随笔,07 年 10 月 21 日】

24. 老外的东西为什么可靠

老外的东西为什么可靠一些? 买了赛绩鸽回来做种,效果往往显著,这就是"大忙人"网友所说的要注意血统,老外对此比较讲究,操作方法老到。詹森家族逐渐有人骂,但一眼看上去,詹森鸽的特征十分明显,简直遍布全球,效能大差不离。

血统! 脉络清楚。

我们一个身体倍儿棒、吃嘛嘛香的杂交赛绩鸽,身体好那是没说的,血统呢?

用起来的感觉那是"三眼儿枪打兔子——没有准儿!"

【随笔,08 年 3 月 3 日】

25. 论不读鸽书

文盲半文盲充斥的国度,也就这状态。养鸽子的书不看,带字的东西也都只好糊墙,糊了一层又一层。认识钱就行,文盲也认识钱,纯盲还认识钱呢!

钱能买呀,能使鬼推磨呢!

国血有钱了和外血的有钱了,表现结局都不一样。

国血没有文化的比外血有文化的能量大多了。

要不说书的出名快,不识字光剩下竖着耳朵听了,像鸭子

G E Y U A N S U I B I

鸽苑随笔

听雷。

电脑知识技能最不普及的地方偏出黑客。

历史悠久的文明古国才产生"读书无用论"哩！

文盲夺冠论的代表人物——刘三姐。

拒书夺冠论的代表人物——阿凡提。

【随笔,07 年 2 月 14 日】

26. 买不起鸽子

买不起的原因就是穷,因为穷才买不起。穷本身似乎很值得同情,但穷得理直气壮,穷得回肠荡气,穷得蛮横无理,就匪夷所思了。其实我们多年已经有意无意地被灌输过这样的思想意识,很可悲,也很可恶。曾经在论坛发表过这样明晰的个人看法:穷,是万恶之源。

可以穷一时,不能穷一世,穷则思变。一个穷了两千年的民族,在当今世界民族之林里,还值得永远同情吗? 是"君子固穷",还是自造贫穷? 同理,一个安穷立命的鸽友,一个本身不穷但带有穷根子、穷毛病的鸽友,是不值得同情的。(个人意见)

【随笔,08 年 2 月 5 日】

27. 没有育种概念的两种概念

一种是压根没有概念,老子不干,用不着;

一种是知道育不出来,撤消了概念。

【随笔,08 年 1 月 15 日】

28. 男足赢朝鲜的感想

男足赢了朝鲜,还是"逆转"(未看比赛过程)。得知结果后有点感想:好像越想赢得比赛就越赢不下来,越轻松、超脱的比赛就越能够胜出,这可能有辩证法的作用在其中。另外,还有点"外战外行"的遗传因素。

赛鸽也是这样,一定要"拿下"时,往往不能如愿;平和一点的心态,却较不易犯"物极必反"的错误,容易取得意外收获。有几次为赛绩不佳失去信心而暗暗宣布:"飞完这个赛季就金盆洗手",却每次都因取得了胜过预期的成绩而又收起了"金盆"。

【随笔,08 年 2 月 24 日】

29. 脑子产品——笼门朝哪儿

既然腺病毒如此猖獗,前几站的训练要自己操办了,牵扯一个开笼问题。学问大了! 老经验一万次告诫我们:开笼时笼门要朝向巢棚方向,让信鸽一出笼,大方向就是正确的;笼门要朝向顺风方向,让信鸽出笼能顺利起飞;笼门要朝向没有电线等障碍物的方向,避免信鸽出笼时急飞扎堆受伤……

按照习惯在脑子里过一过,分析、筛选、过滤一番。形成的思考产品是这样的:选开阔地,哪个方向近距离上也没有可能导致赛鸽出笼后受伤的障碍物;稳定鸽笼 10 分钟以上,让笼中赛鸽彻底定了神,并通过笼子的缝隙进行了定位定点(自己目前处在自家棚舍的何方)。看风向,4 级风以下,不要将笼门朝向

GEYUANSUIBI 鸽苑随笔

所谓巢棚方向,而是对准来风方向。因为从风筝到歼击机,凡是要(能)起飞的东西,都是要迎着风的,再过 N 年也这样。出笼的鸽子借风力起飞拔高,迅速脱离司放点,既节省体力,也减轻恐惧的心理负担。自家棚前因跳笼门安装方向的限制,放鸽起飞时看不到鸽子自选起飞方向,但任何时候你都可以观察,鸽子降落时是迎风的,风速越大,现象越明显,大鸽子是经验,刚上天的小鸽子是本能加不得已。起、降一理。

观察得出数据,数据昭示了细节,细节引发了思考,思考积累出感悟和进步,你一步步脱离那无论何时第一念头都是"有用吗"习惯性否定音符的纯国产意识,你升华了! 你进步了!

随笔,仅供参考。

【随笔,07 年 9 月 1 日】

30. 你家的村松白呢

来自日本的"村松白"曾扮演主角。

"东洋人"培育出的白色信鸽品种,接受、引进、推崇、使用,各个环节都会很顺利的,就像我们使用丰田、三菱、本田、铃木;使用索尼、夏普、松下、东芝,应该是没有问题的,应该是很可靠的。何况铺天盖地的宣传广告上说,村松白品系在 500、700、1 000 千米甚至更远的距离上,都有骄人的战绩呢! 冠军拿下不知其数,一时间,中国的竞翔界,白色竞翔鸽的数量明显增多,不管什么来源,100% 都是"村松白"。你怎么能够证明那不是村松白呢? 在村松白鸽最火的时候,笔者有幸在朋友那里见到过一羽,从河南千里迢迢赠送过来,物以稀为贵啊! 小白鸽子约

40天大，长得不算太出息，像个白色的长尾巴鹌鹑，杀了摔死都不行，那可是正宗纯种的村松白！物以稀为贵，好鸽子不可貌相，飞的是一滴血。铺天盖地的"村松白"实在也不怎么争气，几年下来，如同"老狐狸"米卢蒂诺维奇似的，看不出如何"神奇"。很快，村松白的声誉，就像当初鹊起的速度一样快地"鹊落"了。白色信鸽的数量急剧下降，它们的一度流行，在中国鸽坛仿佛划过夜空的流星，给我们留下了一个不需要怎么回忆的"白色幽默"。如果今后无论什么"白"，都不会毫无道理地流行一番再销声匿迹，我们才算有进步，但还不算是成熟。

【随笔，07年8月25日】

31. 叛到我家的"徒"

看了大忙人网友的《叛徒》帖有感：

临近鸽舍曾有一羽幼雌鸽飞到我家来，性质和目的属于游棚。送回去，再回来，反复多次，知道是杨阿腾品系，最终定居我处。我持懒得再送态度，对方持无奈不再过问态度，秋季我征得对方同意，以我方名义打比赛，原主要求"狠狠地打"（理解）！某次500千米集鸽时相互碰到，原主让我插组，我不肯，不相信外来户，原主真看好你拿钱插啊？

次日恶天候，压笼一天，预报还是阴雨，鸽会将放鸽车回撤一段距离放出了，规定时间内仅归12羽，"叛徒"杨阿腾获第8名。原主惋惜，我不后悔——他惋惜这样的鸽子怎么能游到人家家里去显赫！我是不信任外来无名之辈，再有还是这态度。

没几天，原主来说：你抓紧出一窝小鸽子，这鸽子我要拿回

去用! 我考虑了几天,将鸽子还了。对方愕然,我心理上胜一筹,既然对方这样认识问题,不在一个量级上,都是成年人了,争论也没有用。临了,对方开导我:好东西就是好东西,在哪儿……我截断话头反开导:这鸽子是我从小一手栽培到现在,要是在你手里,很可能狗屁不是!

知道对方一个时辰也反不上话来,我立刻返航了。爽!

【随笔,07 年 9 月 28 日】

22. 品系学小品

外国人不讲品系,中国人大讲品系,讲疯了。我刚刚才觉悟到,没有好东西的才讲品系呢! 不讲不保险,要保证买到好货、真东西。欧洲遍地品系,只要飞得好,就是品系中的佼佼者,花钱就是。考夫曼不用头疼品系,只管买来赛绩鸽配对,只管将自家赛绩鸽配对出鸽,既能飞,也能卖,良性循环。我看考家高就高在自家的品系不管来自谁家,短期外观看上去要制造得有"考氏"模样,吻合考氏的"注册商标"。国内就李医生(梅龄)曾做到了,所以至今仅有李医生曾拥有唯一国内承认的组装品系。

劝君切忌不要模仿考夫曼玩品系,你模仿了也没有用。品系一到咱家来,立即就变味了,即使外观还可以,内里指标已然变了(大概相当于进口车换了国产发动机,加注了国产机油)。要是引进到了台湾地区,连外观都要巨变——变成獐头鼠目的"台鸽"样,欧洲的外公外婆看了要心痛,好事儿的告你个虐待动物也说不定。麻雀吃什么也长不了斑鸠那样大,没办法!

为什么?

【随笔,07 年 12 月 25 日】

33. 前名次女足的"品系"

瞅瞅女足世界杯进入决赛的,分成 4 个大组的 16 个前名次国家,忽然发现这女足精英队伍实际上也是有规律的。你看——

A 组:德国、日本、英国、阿根廷;

B 组:尼日利亚、美国、朝鲜、瑞典;

C 组:挪威、加纳、澳大利亚、加拿大;

D 组:中国、新西兰、巴西、丹麦。

仔细分辨,16 支队伍实际只分为 3 类:欧系、亚系和非系。其中欧系最庞大,在 16 支队伍中占了 11 支,比例约为 69%,压倒优势!欧系中有英、德、瑞、挪、丹、美、加、澳、新、阿、巴等国,其中,英、德、瑞、挪、丹直接就在欧洲,英、德以及北欧 3 国瑞、挪、丹的关系,如同英格斯、盖比和桑杰士的关系,半斤八两,特点相似。美国、加拿大多有英国移民。南太平洋上的大国澳大利亚、小国新西兰,是英国人跑到南太平洋发现了这里,直接移民建立的国家,跟加拿大相似,通用英语。巴西原为葡萄牙的殖民地,阿根廷原为西班牙殖民地。非洲的加纳和尼日利亚看起来属"鱼腩"部队,实则养、训功夫不到,尚未发挥种系潜力,调教以时日,定与同系"雄性铭鸽"维阿、特雷则盖、亨利、齐达内、克鲁伊维特、古利特等等一样,"好鸽子在哪儿都能发挥,雌雄一样"。阿根廷也是一样,训练不到位,状态还没出现,看看阿

根廷的"雄"的表现,你就等着瞧好吧！巴西已经"飞"出来了,雌雄表现很相似,品系特征很明显,"羽色"偏深那是揉进了非洲血统,杂交优势——B罗、贝利"深羽色"的能飞,A罗、济科"浅羽色"的也能飞。亚洲个别好的也能获得好成绩,赶上孬天、作弊什么的,"竞翔能力"排在欧系和非系之后,好像欧洲原环、船上下来的洋天落、台鸽之间的差别台阶一样。国血一度飞得好,是养、训功夫下到了,成绩看上去不错,但"原环"一参与,稍加调理,国血大概就要退出历史舞台,佳绩可以怀念,不能复兴,请来考夫曼指导训、养也飞不出来的。

【随笔,07年9月22日】

34. 新年祝词拉杂谈

过去了的一年拉不回来,也不必拉,还要将需要摒弃的东西,随旧年淘掉,弃旧从新。

从李梅龄大师开买到现在,送走了大约90个年了,送不走的是一个"买"字,嫌不好听就用"进"字。差别是李大师买"黑了"(喜欢深雨点以至于延续了60年),我们买"白了"(浅灰、亮灰、浅红轮、苍白等)。皆引种而已,此引绵绵无绝期。

引的差不多了就暂停(以自家种鸽棚里一开门就窜出去一羽"死翅"外环,再一开又……为度),多做做"种"字以后的东西,可能有神来的感觉与进步,老想引种即浮躁,埋头伺候种则踏实。都说赛鸽即赛人,鸽种难以再升级,人的能力要升级呀！老说鸽子不够好,是推卸自己的责任,避开对自己能力的品评吧？老需要添加防冻液的车,不是防冻液不好,是车的循环冷却系统有遗漏问题。

鸽道上无论是别人的经验还是教训,听来以后不要人云亦云,脸上表情时晴时阴,被牵着鼻子走。听完后脸上肌肉不动弹,脑子里要动弹。去粗取精,去伪存真,形成自己的结论,自己的判断,提炼出自己的东西,最好达到与众不同,有一套属于自己的、行之有效的东西。

希望大家 2008 年都用上具有自己特色的、"打人的"、不同于 2007 年和 2006 年的东西。明显超过以往年头的东西,这才是鼠年真正的不水货的东西。不要再哼唱:"啊——,一年又一年;啊——,一年又一年……"（发自肺腑的）

【随笔,08 年 2 月 7 日】

35. 赛绩与血统

当你拥有一棚优秀赛绩鸽时,写在纸上的血统和固定的鸽眼模式就风雨飘摇了。

【随笔,08 年 3 月 7 日】

36. 丧志与否

鸦片战争不是英国人自己吃够了鸦片,给中国人吃中国人不肯吃,才使用炮舰将鸦片强行运进。而是中国人已经大吃上瘾,感觉不好,想拒绝和抵制,英国人不愿意了,开战! 即使开战之际,英国人也不是抽够了烟有劲了才动手,英国人压根就不碰! 据说由英国东印度公司将种植的鸦片产品运到中国的轮船上（专供）,谁好奇碰了鸦片被发现,绑在大炮炮口上只一炮（那

时大炮性能一般)，骨灰盒也甭预备了！——我叫你丧志！

英国人知道鞭子的用途和效果，自己不用，在华人后裔占90%以上的"花园国度"新加坡至今仍然使用，英国人知道，这块模范殖民地如果摒弃了鞭刑，可能就不"花园"了。英国人走了，新加坡人看看这90%以上高素质华人（及后裔），想想，这鞭刑还是留着吧！万一有人丧志呢？

这丧志与否，容易丧志与否，看来也似与品种（系）有关。注意这一点了并高度警醒自律，就是进步。

【随笔，07 年 9 月 27 日】

37. 闯关东的"后遗症"

名教头马俊仁辉煌时只调教女子中、长跑运动员，基本不涉及男运动员，道理很简单：在中国，你是带男足在世界上的名次会靠前呢？还是带女足名次靠前？换了我，我也带女足。有明眼人看出，马教头选材有一条线——北自沈阳，南到大连，沈大高速公路辽东半岛沿线。有人问原因，马教头毫不隐讳，谁敢在此跟他抢苗子？我留意过，这一带的女孩身体健壮，肺活量大，耐力好的较多。原因，当年山东人闯关东不少落脚辽东一带，山东人原本体质好，闯关东本身就是一种体质与智商的大筛选——窝窝囊囊的，在本地饿死了，心眼活络，胆大敢造的，抬起腿来跑东北求活路。这部分自然筛选出来的山东人，与辽东半岛体质健壮的满族人通婚，标准叫作民族融合，一般说叫作混血，反正出优势。马俊仁教头看到了这一点，他选材就在这一线，他的弟子出了很多成绩（听说也是适当用药）……

再往下就要说鸽了,俺刹车……

【随笔,08 年 2 月 4 日】

38．什么都知道的结果

但凡鸽界那点东西,我们都知道,早就知道,一直知道,知道得一个底儿朝天。

近血、回血、百分比、沾血浓度、面砂、底砂、阿尔赛、抖动、震颤、鼻型、羽色、伴性遗传、遗传终止、返祖、巅峰、状态、老詹家的那口井、布利库、育种原理、半小时前谁得了比利时半国家赛冠军还有玉照、克拉克活着的时候淘汰幼鸽把脖子一拧就扔到废品筐里……

为什么我们一直弄不出个……

就这么随便一想!

【随笔,07 年 7 月 1 日】

39．誓死捍卫优良品种

【网友原帖】:讲到品种,上海有个浦东鸡种,肉质鲜嫩,老外的肉鸡是无法与此鸡相比的。上海著名的百年老店"小绍兴"鸡粥店,就是用浦东鸡作原料,搞出家喻户晓的名菜"白斩鸡"而成名的,现在连锁店已有几十家。可悲的是这鸡它只能吃,不能飞。想想,中国对吃向来是有研究的,讲的雅一点就是有悠久的饮食文化底蕴,既然白斩鸡用浦东鸡做出来好吃,那就大力培育浦东鸡种,可惜的是城市的扩大化,浦东已基本上看不到农户了,更何况浦东鸡了,现取而代之的三黄鸡种,真正的引

进鸡种,黄嘴、黄脚、黄羽,体大肉多,生长快,成本低,但做成白斩鸡的味道根本不能与浦东鸡种相比,再见了!浦东鸡。看来培养 XXXX 品种,人和环境是主要的。

山东寿光地区(现全国蔬菜基地)的慈伦乡一带,原产一种"寿光大鸡",黑色羽毛,又称寿光大乌鸡,当地人舌头比较先进,念成"修光大我鸡"。据老辈说,该鸡能伸脖轻易偷吃桌子上的东西,而不用跳到桌面上。"文革"时期有挑担到城里专门卖这种"大我鸡"的,打开筐子盖一看,确实都是小黑鸡,许多还确实带品种特征——毛腿。买来以后你就养,长得很慢,吃得再好,也得到年底下蛋,本身个头比鸽子大不了多少,那蛋能有多大,你按比例思考一下即得。上得随笔栏目来,想不动脑筋没门儿!你别怨没买到正宗。原装正宗的,也是晚熟品种,一年后能产蛋就不错,一年产蛋 70～80 枚,蛋确实大,7～8 个重 500 克,现在满马路卖的鸡蛋都那样大了。加拿大有个蛋鸡品种叫"288",平均年产蛋 288 个。后来我们曾引进澳大利亚一个兼用鸡品种称"澳洲黑",坊间没见原文讹传为"欧洲黑",个大,羽黑亮,年产蛋约 200 枚,也是 7～8 个 500 克。一个澳洲才多少年历史,将英国著名鸡种"奥品顿"引进澳洲选育,育成澳洲黑,血统里有中国国血"九斤黄"的成分呢!我们的寿光大乌鸡命运可想而知了,澳洲黑到来之前,它们风光到"传媳不传女"呢——可以传授儿媳妇孵鸡的技术,嫁出去的女儿(亲女儿哩)想往婆家带几个种蛋都不可能的——那叫泄密!

我们不是没有优良品种,我们这个坚韧不拔的民族为了保持优良品种前仆后继,可歌可泣,矢志不移,持之以恒,毫不动摇,死而后已,死不瞑目!"李鸟"就是让我们死保过的品种,现在仍然在泣血捍卫!

我可没说"李鸟"的前途和景况像寿光大乌鸡,不然你倒回去再看看原文。

那样大的大乌鸡都——何况"小浦东"。上海李伟同志可恨就在于他提到"小绍兴",我前天才去吃的白斩鸡,味道很是不错,那原料就是原产美国的肉食鸡。李伟不说破,我等以为就是正宗,这下完了!

白斩鸡需要蘸了特殊佐料入口的,像吃北京挂炉烤鸭时需要配合的面酱、小薄面饼及极细的葱丝。我们的同胞好吃不学习,想当然给那鸡命名"百蘸鸡",还到处宣传,那佐料汤主要是酱油你百蘸还不"糇"死你呀!我什么人物?秀才!专家!"秀才不出门,遍知天下事",专家就是经常连看都不用看就知道怎么回事儿的人。将"百蘸鸡"纠正为白斩鸡容易,可赛鸽论坛上连"在、再"都不分者铺天盖地,你纠正得过来吗?

【随笔,06年8月29日】

40. 说 到 回 血

德国牧羊犬你弄来无论怎样回血,还是德国原装的好;藏獒一旦让洋人弄去回了血,我们就完了。

完毕!

【随笔,07年12月25日】

41. 速成的超远程品系

"培尔琴"的原始意思,就是上海人当年看到引自比利时的鸽子,血统书上比利时的国名全拼,而译成培尔琴的——压根就是外国(比利时原装)鸽,人家进来时就是能飞超远程的,三年五载根本培育不出超远程鸽种来。若有人说中国70年培育出超远程鸽子来,我的看法,是拿培尔琴和德国鸟反复放飞远程、超远程而已。好像我们喊:我用56式自动步枪400米点射打死藏羚羊了!前苏联军工部门会不屑:你那56式的前身卡拉什尼科夫(AK—47)冲锋枪,原本就有这性能,你拿去仿造后,性能一直没达到原型号水平呢!

【论剑,06年10月16日】

42. 为什么要从头再来

从2007年的成绩基础上继续前进和提高,不是更好的起点吗?

总结了经验,研究了失误与教训,就不是从头再来的意义了。

永远习惯于从头再来,还欣赏、认同,这属于黑瞎子掰苞米心态。从头再来不等于周而复始,无限循环和原地踏步。

请大家继续研究、斟酌。

【随笔,07年12月28日】

43. 辩　证　法

酒香不怕巷子深,好饭不用吆喝,存在即合理。有事需要吆喝了,也快黄了。最近某杂志刊登文章,要呼唤中国的赛鸽品系。没有指望才呼唤呢!比、荷那边忙着育种,应付难缠的买主,哪有功夫呼唤。再说了,哪个优良品系是"呼唤"出来的?

辩证法啊!

——最近试着重温哲学呢!

【随笔,07 年 6 月 20 日】

44. 我也发现一个问题

老外养鸽能养成一种事业。

换了我们养鸽,要么是娱乐,要么是赌具……

【随笔,08 年 1 月 7 日】

45. 续说眼睛与鸽子

欧洲一位从事野生动物摄影的高手,纵横非洲丛林 14 年,日夜孤身一人与非洲象、非洲狮群为伍,毫发未损。经验是:不要与猛兽对视,即使在极近距离,只要人眼或相机镜头不正对兽眼,安全无虞!对眼它就认为你具有攻击性,本能驱使它要奋起自卫——玩儿不起!

一条生狗蹲在路边,提防着渐渐走近的你,你不看它的眼,平安无事,你看它身体,也无事,你看它眼,问题来了——它估摸自己力量可以,会站起来先低沉"呜——",眼盯着你,继而龇牙

咧嘴；判断你强大且来者不善，会一边鸣一边慢慢撤退。在动物界，眼神相对是要命的，一切尽在眼神中，能量很大。欲作弊的学生是不敢跟监考人员对眼的，太有杀伤力了！杀人犯经常得手后将被害人眼睛再刺残——除了据说死人的眼睛是照相机，可以留下死前最后影像以外，被害人怒目圆睁，对杀人者是绝大的震撼！能看到他灵魂里面。

回到楼主的命题——鸽子看不出"功利"的，但主人的眼神和它相对，它立即有感觉，属本能。大家都有进棚欲抓哪个哪个跑的印象，是你在寻找它的过程中，它先盯着你的，一旦"对眼"，就知道不好！我这几年进棚抓鸽子，先故意耷拉着眼皮，用余光寻找目标，定位后，眼看别处身体在其侧面，似乎不是"光顾"它，从侧面突然伸手拿下，您也试试。

事情很小，背后蕴藏的……

【随笔，07 年 8 月 10 日】

46. 血统与铭鸽

本棚一批鸽子参加比赛，第一羽归巢打钟，第二羽归巢了打钟，后来一查记录，第一、第二乃同父母上下窝，不管最终名次是多少，这鸽子的父母是血统鸽了。

本棚一批鸽子参加比赛，第一羽归巢打钟，第二羽归巢了打钟，后来一查记录，第一、第二乃同父母上下窝，第一羽最终夺冠，第二羽进入前十名，这鸽子的父母是"铭鸽"了。

【随笔，06 年 10 月 10 日】

47. 养鸽十来年的感悟

笔者的一个曾留学日本的鸽道朋友,归来后讲过这样一段话:"我在日本的感悟,就是赛鸽非常像赛马,可比喻为蓝天赛马! 从种鸽和赛鸽的角度看赛马,我发现在比赛鸽的技艺更纯熟的赛马培育行业,种马就是种马,都是直接培育出来做种马的。"也就是说,根本不用在赛场上拼杀几年,也不是使用赛场上跑得快、获奖多的赛马做种马。

笔者的一点小感悟:赛马与赛鸽大概有一个地方不太一样,因为雄马比较剽悍,行业中有一个术语叫做"悍威",不太愿意听摆弄,据了解,雄性赛马应该是被阉割了的,不能再做种马,个别雌性赛马应该有作为种马使用的。

接触过世界流行蛋鸡品种,是一种有固定模式的杂交套路繁殖出来的一个代号,称某某品系,都不能称其为种。A 种配 B 种,出 AB 系,C 种配 D 种出 CD 系,称父母代。AB 系再配 CD 系,出 ABCD 系,称商品代,公鸡白羽,母鸡红羽,出壳后就能辨别,母鸡产蛋性能极佳。ABCD 不都是蛋鸡品种,有的是肉鸡品种,经过两代杂交,孙代是既能产蛋,又可根据羽色区别性别,但却不显示肉鸡的性能,绝妙!

就成熟的科学成套繁殖配方来看,祖代和父母代,全都是"直接做种"的呢!

就科学进步的程度来看,直接做种是达到一定层次的表现,不是初级阶段。

48. "一定的难度"

以为比赛距离越远就是越有"难度",这种认识很幼稚,老是这样认识就不是幼稚了,是愚蠢。1 000千米距离,参赛鸽绝大多数次日归巢,丢失40%～60%,这是个适宜难度,已经相当难。国际上经反复试验已确定了这个适宜值,又没派你再去探险,委托你再取已经固定了的数据,鼓吹人家已经放弃(玩过了)的旧游戏,纯属自做多情。

体操、跳水等项目有难度系数,但凡比赛就摔死、摔残95%选手的项目难度,不是难度系数,是愚蠢系数! 甭害怕,这项目国际上施行不了,不过在咱们这里,什么都能发生,一个"突破"就摆平了。我就纳闷:是上帝将突破这活计硬指派给咱们干的? 是观世音? 灶王爷? 还是咱天生偏爱?

焦点在于玩难度还是玩命之间的区别。

【随笔,07年6月20日】

49. 适 度 规 模

中国人怎么都这么实心眼儿? 实心眼也是双刃剑,也好也坏。

有人问会员和鸽会规模你就奔鸽会人数去? 你就不能扩展思路? 怪不得邓小平同志感慨:解放思想是最难的。

实际上焦点在参赛的鸽子数量上!

上海市动辄56 000羽、58 000羽参赛,特比环卖好几万枚,看似豪华大气,实际是民族好大喜功,体制大一统的恶习,

20 000 会员也一个鸽会包揽，一元化领导。自然诞生一个铁路鸽会或俱乐部什么的，也要想办法搞垮它，不能让它存在，一山不能并存两虎，把它的人挖过来！拢在卵翼下，一切费用好处多多益善。

你挣扎在这个庞大的鸽会里那是多么渺小！理论上永无出头之日，前一千名都难进去，上海动辄排列名次上千甚至还要多，吊你的胃口，实际孙山后面的名次狗屁不是，你 1 243 名等于什么？光剩下眼泪了，谁个巧妙用大名次的绳索把你扼死的？简直是名次杀人，不见血，软刀子。

算一笔小帐：56 000 羽，若 1 000 名以后的鸽子即使归巢也被主人厌恶而淘汰，包括丢失的少数，则灭掉 55 000 羽，不杀也废了，没有出路，没有活路。若以 2 000 羽规模参赛而组成适当规模鸽会，淘汰 90% 只杀一千多羽。56 000 羽的规模可以组成 28 个适度规模的鸽会，每次比赛可以出现 28 个冠军，身价百倍。若前 10 名发奖杯，将有 280 个奖杯发出，若大家认为进 100 名的鸽子就不杀，则有 2 800 羽鸽子得以幸存，还有大量重复比赛的机会，再次获胜的概率成倍上升。

詹森兄弟恐怕终生都没有参加过上万羽鸽子规模的大赛，2 000 羽的就是大部队了，一样育出旷世奇鸽，纵横天下。欧洲并没有依仗 8 万羽的大比数比赛，为我们、为全世界培育优质种鸽，2 000 羽的冠军和前名次，拿来一样好使。核心是质量，不是数量。

笔者看 2 000 羽之内规模的比赛比较合适。每户上 10 羽，则是 200 会员的鸽会规模或俱乐部规模，自己订购足环都可以，

开放搞活,不要都是黄绿黄绿的颜色嘛!

不过也别高兴得太早,奔 200 人去,人越少有时更易作弊,一手遮天。问题讨论了,意见发表了,说话要严密周延,完毕!

【论剑,06 年 10 月 25 日】

50. 一引到底也是一种战略

我们中国的物件,仔细回忆都是与"引进"有关的。好引时狂引,不好引时曲折迂回想方设法引,反正都是引,模仿小平同志的话说,就是"引进才是硬道理"!当初战斗机从苏联老大哥那里引进米格—15,直接用于朝鲜战场和国土保卫。稍后引进米格—17,再自己仿制一批,命名歼—5。1956 年引进苏联卡车原版在长春"一汽"自己生产,称"解放牌",属于"国血"了。后来连拉带扯地在关系逐渐冷却的情况下,勉强凑出米格—19 的图纸,仿制出歼—6,停顿多时后,辗转偷艺,仿照米格—21 仿制出歼—7,至今不断改型仍在使用。强—5,稍有航空常识的中学生也能看出,是歼—6 的机头进气改两侧进气,平头改尖头的翻版。歼—8 原以为是自创,不料国际航空界直指其外观与前苏联苏—15"细嘴瓶"歼击机如出一辙。现在,不必仿造了,苏—27、苏—30 直接买就是。更好买的是波音系列和"空客"系列客机。一汽引进"解放",一造 30 年,如今热闹了,一汽——"大众"啦!好家伙奥迪 A—6、A—4、A—8、奥迪 100、捷达、高尔夫、丰田、宝来、马自达—6,就差德国造 20 响盒子枪了(李向阳用过)。其他的大众、通用、本田、雪铁龙、大发、现代、起亚什么的就不一一列举了,总之是引进,实在看不出哪天能停止,哪天停止了还能活。凭什么赛鸽就一定要自己培育？警犬还定时从德国引进繁殖呢！狼青时髦引狼青，黑背流行引黑背，过两年性能退化了接着再去引。"李鸟"就算国血老解放吧！保种（保型）70 年，性能一点也没有变化，忽然发觉不时兴了，赶快引进接轨，那轨还有接完的时候？接着接！继续接！说白了就是持续引进、引进、再引进，引得气都喘不匀呢！还顾得上育种？再说你什么时候什么项目上有不需要引进就有能力自己解决的问题？就算刚刚解决了不是又……这样看全世界就是有一些靠全面引进而生活的国家与民族，我们也列其中，没有什么丢人现眼的，国际分工不同，事实俱在，实事求是嘛！我说引进引进一引到底也是一种发展的模式和发展战略，大家都在忙活引进，有什么臭架子放不下来！什么都可以堂皇引进，为什么买两个洋种鸽就有损国格？

【论剑，05 年 1 月 17 日】

51. 危机四伏鸽舍

跳门中用细绳儿吊一个大玻璃瓶，里面放满上好的混合饲料，给一切过路鸽看——跳哇！跳进去也吃不着……

鸽舍周围四个大铁笼，铁笼周边四四一十六个撞门，只能进不能出，各有一个透明大粮食瓶吊在笼子正中……

棚周围各处放置三根刮好的、直径适宜的细木棍，随手拿起哪一根可以横扫临时落下的鸽子（抽——抓是抓不住的）……

为了不误杀，自家鸽子都戴有横剪过的识别环——细细的一条儿，容易分辨，不会导致误杀，对外来鸽则下得了手……

这鸽舍离你的鸽棚直线距离13.694 7米。（GPS数据）啥感想？

【随笔,07年10月15日】

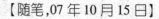

52. 亦步亦趋,不是创新

"北方人"网友善动脑筋,眼光层次相当高。

如果现在中国鸽界大搞"巴塞罗那",也是模仿,也是亦步亦趋,不是创新。人家已经品牌了,你去"套牌儿",属于国际负影响。英国的剑桥、牛津大学,几百年来就在泰晤士河中比赛划艇,成传统赛事,举世皆知。没有国际著名大学去重复,去模仿。中国的北大、清华就在京郊找一处水渠也"诞生"一项"一样一样一样"的赛事,以为有了类牛津、剑桥式的划艇比赛,两校就挤进世界名牌大学的行列了——大学中都是国际精英,骗骗自己可以,掩耳盗铃、自欺欺人容易,糊弄精英老外,连门儿都没有。即使将牛津的用过的原装划艇买来直接"打",你也不是立即就是牛津水平。引申,南非公棚中国足环鸽夺冠,中国鸽界"举界欢腾",也不能证明你从此就是世界首席信鸽竞翔大国,次席也不是。

实话说,即使是无人的"嫦娥一号"奔月,也是模仿跟进,不是创新。美国在我们"文革"时期就已经"男嫦娥"登月了。于是此举对我们来说,是技术能力的里程碑,对于国际航天界来说,并没有先进技术的增加和出现。

创新,(才是)一个民族进步的灵魂。

【随笔,07年11月4日】

53. 优种的下场（一）

（1）20世纪60年代初，老家的堂兄来城里购药，顺便要买几只优良品种的鸡带回去，说这样的"洋鸡"产蛋多。那时自由市场发达，走好远的路在市场买到几只白色羽毛的洋鸡，带了回去。现在知道那是意大利的"来航"品种蛋鸡，正常年产蛋达280枚以上，有年产365枚的世界纪录。后来回老家也没见到这批"外系"，原来农村定期"伤鸡"（新城疫、鸡霍乱等的俗称），全村的鸡一扫而光，连报晓的公鸡都没有一只了。

（2）"文革"上山下乡期间，所在联办中学的校长、老师听说城里的鸡品种好（农村还是不普及），责成笔者回城时想办法带几只来，大家分分。走后门托人搞到10只雏鸡，还是来航品种。装在纸箱里填充了棉花保温，乘"解放"大卡车（也只有这一种牌子）返乡，阳历3月天，很冷，驾驶室也没有空调，靠发动机工作的余热给雏鸡供暖，纸箱里的"叽叽"声越来越弱。150千米要跑半天（路和车都不硬气），最终只活了两只，一公一母，母的在校长家，活到产蛋，公的据说极漂亮的，在一位女老师家，供欣赏，也不能传宗接代，没有那意识和水平，最后不知所终。

（3）再次趁回老家省亲，带去优良品种的小鸡，亲属们满心欢喜，各家将小鸡分了几只回去。今天踩死一只，明天掉猪圈的臭水坑里淹死一只，后天噩耗又传——被狗吃了一只。大家在地里干活一天下来累个半死，哪有心情照料"优种"？只好任其自生自灭。待笔者回城之时，优种们已是全军覆没了。

（4）优良品种老是存留不下来，换一种方式：将鸡养到快产蛋时，再送回老家。奶奶分到一只最大的白母鸡，快产蛋了。还是用在家里的饲喂方法，将白菜的菜帮剁碎，拌上玉米面用瓢盛了（绝对不是科学饲料配方），端到鸡的眼前，它就在你跟前大口吃起来，只是城里所拌的玉米面换成了麸皮。喂了几顿，竟遭到奶奶的呵斥，言在家里哪能像城里那样喂鸡！自己找食吃罢了。于是停供。饿是饿不死的，但鸡的预产期被无休止地推迟了。伯母家分到一只杂交母鸡，率先产蛋，红皮，个大，给所有分到"优种"鸡的亲属们带来了希望。伯母拿来一把小麦粒，只奖励给下蛋的"功臣"吃，其他的鸡们无此待遇，实际从它们来到世界上就没见过什么好饲料。春天出生的它们，长到第二年夏天麦收时，还没有鸽子大呢。产蛋暂时还是一种遐想。金灿灿的玉米就挂在墙上，籽粒极致密的，鸡们对它们无可奈何，时间久了就视而不见了。玉米每 500 克 1 角多钱，鸡蛋极紧俏的，在集市上卖两块钱一把（一把为 10 个，根据蛋的大小，价钱略有差异），坐"月子"的妇女才能吃到。伯母们不算这个帐，也不会算，假若真有这样算的，养 100 只母鸡，那是资本主义算法和做法，要被割"资本主义尾巴"的。

【随笔,06 年 8 月 23 日】

54. 优种的下场（二）

（1）活下来的优种们景况也不佳。优种们脾气与自家土鸡不一样，喜飞好动，乡亲们不喜欢它们这种习性。吃饱了蹲在炕沿儿上，屁股向里，拉一堆像小塔儿一样的鸡粪。奶奶气得挥起拐杖将它们轰得呱呱乱叫,惊恐异常。二奶奶家的一只大公鸡长得甚是艳丽,硕大的冠子挺立着,像火焰! 二奶奶说活了一辈子没见过这样好看的鸡。有一天,小堂叔刚挑满一大缸水,大公鸡欢快地飞动时不小心失足掉进缸里,小堂叔气得抓起鸡来一摔,将公鸡的一只翅膀摔折了,耷拉着,精神也大不如前。没几天,那公鸡就被杀掉炖汤了。

(2)"文革"时其实有些非"李鸟"的信鸽品种已流传在社会上,称"英国小鼻子"。没有集体放飞比赛,自家乘汽车、火车托人带出去放,三五百千米也经常有归巢的,就是一乐。每家养得都不多,三五只到十只八只的。喂切成小方块的玉米饼子。现在的鸽子,连看都不看,不知那饼子是何物。那年月亲眼见,20 天不到的小鸽子,叽叽叫着,抖着小翅膀,将地上的饼子渣都一一吃掉。间或将家里每人每月 1.5 千克定量的大米偷出来一小把,悄悄喂给鸽子,开一次"洋荤"。更有无德之人,唆使爱鸽的少年,将家中的购粮本偷出来,将人家粮本上当月所有的大米限量都买光,代价是送一只小鸽子。

(3)如今条件好多了。那些条件好得更多的养鸽人家,鸽舍盖得不比荷兰、比利时的质量差,好好地对待赛鸽,大量引进优种。现在优种的生活条件彻底改善了,寿命也长。优种的"下场"比原来好多了。不过有一点还是没有变:同样的鸽舍,人家在其中培养出有自己特色的优种,将其传承下来,甚至为其遍及全世界服务。而我们建造豪华鸽舍,主要是为了赛鸽生活好,能飞得好成绩,能赢,兼要优种能在其中繁殖出好的赛鸽来。

我们的优种一直是要源源不断地从世界优种基地引进来，这与鸽舍的豪华程度无关。"下场"变了，来源没有变。

【随笔,06 年 8 月 24 日】

55. 有所为有所不为

鸽界在闭关时期，用以前引进的老鸽放远程和超远程，那时国外的新品系进不来。假若国外一直保持超远程比赛，则一定有优良超远程鸽存在。在改革开放之后，会被国外引进的超远程鸽系将老种打垮。但国外不会放科学合理距离之外的比赛，于是此事没有发生。可是引进之后，国内闭关时期老品系立即不吃香了。只要国门是打开的，中短程比赛方式、计时设备和所用赛鸽品系就一定是引进的，自己培育，一没有可能，二没有基础，三没有时间，四没有心态，五没有愿望，六没有必要……要调整产业结构，逐渐淡化和放弃"只要是别人有的好东西，我们都一定要搞出来并且超过他"的国产意识……

【随笔,07 年 11 月 4 日】

56. 育种与遇种

一网友发明一套新理论——育种者遇种也。很佩服他的胆量。

要是没有人前边育种，你怎样在后面下山摘桃子式的遇种？

此事不能不加以区分，好像欧美人主管育种，亚洲人只管遇种。

赛鸽方面自然是这样，仔细想想，别的方面也是这样，全是这样,早就是这样。因此,遇种理论有地域性。

【随笔,05 年 2 月 2 日】

57. 杂鸽子的用法

本棚鸽子来源堪称广杂,种质水准中等上下,开始也是不得要领多年,江湖压力委实不轻。后因棚中容量有限,不能老斜着眼看人家种鸽棚里"都有什么"了,遂终止接纳。学了一些腿脚勤快的比丘尼去"游方",以现代词语演绎就是外出自费学习,主攻内容是"种以后的"东西。近年积累,略有收获感悟,于是有"自从我不进鸽子以后"的说法和一些拉杂赛绩……自吹点说,不是鸽的因素第一,是人的因素第一了。

鸽子来源广杂,性质倒干脆,送断,赠断,买断,不能挑剔,不能张口,不能厚着脸皮伸手自行挑拿……先天厌恶借这种形式,尤其于鸽,于是禁绝哪怕一根鸽毛的借用行为,"倒插门儿"式的反借也婉言谢绝。一句话,你不进鸽子了,你也顺利……

【随笔,08 年 2 月 5 日】

58. 中国鸽友崇洋但不傻

中国境内的国际公棚赛后拍卖。

原本是戴中国 CHN 统一足环的鸽子夺冠,面对诸多外环鸽参赛,我们扬眉吐气了一把。拍着拍着,我们吐出的气又倒吸了回来——老外的后名次原环鸽,轻易地拍价就逾越了我们的前名次扬眉吐气鸽!(含冠军)多少年、多少回就是这个样,没辙!崇洋媚外顽症。

一网友发表高论,使用远洋轮上下来的洋天落鸟"后果"如何如何。那后果都如何了,全中国都如何如何了,外环舶来货还能叫"天落鸟"?那是便宜引种!必须说明,船上(和船外)下来的台湾环鸽子除外,原因不说,大家都明白,两码事。住的地方不停靠远洋轮,到公棚碰碰运气,拍到的外环后名次鸽,也是便宜引种。

就不怕碰(拍)到洋垃圾?名次不佳嘛!——多少年来都这样干,足以证明不是洋垃圾,也足以证明中国鸽友确实不傻,开始就不傻。

关键在于既然都不傻,为什么要崇洋?(思考题)

以后远洋轮上下来的非"华"环鸽一律不准以天落鸟对待!怎么称呼听便。

【随笔,07 年 9 月 5 日】

59. 中国能否成为赛鸽育种国家

保种——多少人认可李梅龄育种,实际上李是充分发挥外来种鸽的能力,兼保持外来种系的基本特点,没有多少自己的东西。汪、杨、高等类似。其他的,保种也勉为其难。一个"保"字和一个"育"字,天壤之别。中国人至今在任何领域都没有跨过从保到育(创)的界限。在李梅龄的保种基地,上海大众造德国车,上海通用造美国车,而北京现代造———呵呵,电影《闪闪的红星》里有一句台词:"一字之差,两万斤大米就没了!"有的人就是跳不出鸽的圈子,就鸽论鸽。中国引进荷兰的黑白花奶牛和瑞士的萨能奶山羊久矣,至今一百多年,中国版的奶牛和奶羊毛色和原种还相似,但论生产性能,与原种源国的相比,东北人讲话:哎呀妈呀! 育种国有两个硬指标:自创的品种性能世界一流;自育的品种得到举世公认。

今天你做到了吗?

【论剑,05 年 1 月 7 日】

60．中国人与英国人

（某）英国人见你庭院中有一株小桃树,日渐长大,花艳,桃鲜,上市早,赚大价钱,心里羡慕也嫉妒,但嘴上极尽恭维之能事,夸奖你,赞美你,然后回家去暗中拟定育种计划,不惜十年时间终于培育出超过你家桃树的桃树……

（某）中国人见你庭院中有一株小桃树,日渐长大,花艳,桃鲜,上市早,赚大价钱,心里羡慕也嫉妒,晚上在床上辗转反侧无论如何也睡不着觉。翻翻皇历,某天"诸事皆宜",又是阴历月底没有月亮地儿,下半夜,提一壶专门烧滚、还延续了半小时的开水(据说产生毒性了),悄悄溜到你家庭院小桃树跟前,慢慢地慢慢地倒下去……真是"开水潜入地,润树细无声。"

从此,失眠症无药自愈。

此小品文大概也有助于中国鸽子与英国鸽子的比较。

【随笔,08 年 3 月 17 日】

61．种 的 概 念

好像"种"的概念还是比较模糊的。

只要是人培育的动物,做种用的和生产利用的,概念完全不

一样。即，不是随便什么个体都可以当作"种"用来繁殖的。"文革"前虽然科技不够发达，但种畜种禽的概念还是明确的。每个公社都有一个兽医站，牛、马、驴的种公畜都饲养在站里供繁殖优种用。不过，它们的直系虽带血统，到了老农手里，粗放管理，发育成"毛桃儿"，那血统也聋子放炮仗——散了。

鸽子比较自由，个体也多，不能像鸡鸭那样一雄多雌（蛋鸡为1∶20；蛋鸭为1∶25）繁殖，再加上国人优种概念的淡漠，管理粗放懒惰，逢雄即种，逢雌可繁，后果可想而知。只有后果，没有结果。

试举两例：

（1）"文革"前和"文革"期间，老家亲属来城里引家禽优种，不过意大利优秀"来航"蛋鸡而已。帮助买雏鸡10只，送到乡下，撒在院子里跑，干活忙乱踩死两只，狗叼猫咬损失两只，喝了脏水病死两只，一天就损失过半，最后幸存的打听结果——掉猪圈污水坑里淹死了。即使不死，夏季"伤鸡"（新城疫和鸡霍乱的民间统称），来一个"千里无鸡鸣"，跑不了它。于是，引种失败了。现在好多了，鸡场繁殖保证良种——"种"？人家的。

（2）大概是电影《地道战》看得次数多了，中国人对狼狗印象逐渐加深，来一个逢狗必"狼"运动。30来年，搞得彻底，农家的土狗耷拉耳朵的不多了。黑被比不黑的都多，家犬都"鬼子"化了。但自己也不相信自己的黑被是纯的，纯的在德国！德国的纯也简单，全国的牧羊犬都登记造册，不得乱繁殖，我们呢？

这次就不说登记了也白搭的丧气话了。

【随笔，08年4月20日】

62. 必丢的"核弹头"

　　还拿足球说事儿，笔者顽固地认为足球与赛鸽有太多的相似，至少在咱们这里。欧洲足球先生评选揭晓，AC 米兰的乌克兰籍射手、"核弹头"舍甫琴科当选，捧走万众瞩目的金球奖。我们获悉此事，莫名伤感起来——1997 年，上海申花队到东欧集训，路过基辅，迪纳摩队得知申花在寻找新外援，热情推荐了几个并不是主力但有潜力的年轻队员，其中一名前锋就是舍甫琴科，申花高层通过热身赛后认为，舍瓦身体不够强壮，技术一般，速度也不突出，意识也不好，就没有要。这太正常不过了，当年徐根宝就拒绝过维埃拉嘛！其实我们完全没有必要心有喊喊，多亏舍瓦没有来华，否则注定成不了"核弹头"不说，被踢断小腿，被废弃，从此默默无闻那是极有可能的。我们制造不出足球场上和别的什么场上的"核弹头"，有了我们也不会用，也不识货。就像赛鸽，自己培育不出优良品系和品种，引进的很快退化，即使会"保种"（像李梅龄），过些年看看外国的又领先了，还得买，买是硬道理。有那"育种"雄心，不如算计用少于育种的钱，引进欧美名家真正的、源源不断制造出来的好东西，那叫实事求是。也不用悲天悯人，除了欧美，地球上其余的地方也培育不出好赛鸽来，我们把自己的位置摆正在"其余的地方"就行了，太拿自己当盘名菜多伤身体呀？简单！

【论剑,04 年 12 月 15 日】

五、 人物篇

1. 羊城拜访祝匡武先生

羊城拜访祝匡武先生,主要是去挖料(要不然去干什么? 窃!)。

祝先生是"眼师",主要功力集中于此,要"主挖"。首先确定不看鸽眼不能随意选种做种,不看鸽眼做出的鸽子飞不出来、飞不回来这一前提。同一个标准吗? 放之四海而皆准吗? 铁律吗? 得迂回一下:"祝老师! 我们那里500千米正常天气中午1点到鸽子了,700千米下午4点多名次全报满了,也得看鸽眼吗?""不用!"

原来差别是有的。

要因地制宜。

是种鸽不用看眼,还是赛鸽不用看眼?

都不用看?

时间关系没有问明白。

大家看呢？请不吝发表见解。

【随笔,07 年 12 月 21 日】

2. 岭南之眼（一）

12 月 14 日假公出闲暇便利,"故意"拜访鸽界"南祝"——岭南名怀祝匡武先生。被"接见"长达 270 分钟之久！匡兄办公室里摆设很有文化,但四面墙上公然就悬挂一幅作品——数十幅先生得意的鸽眼集中排列的彩色照片画框。就从这眼说起:什么样的眼能做种,什么样的不能,种鸽眼就是种鸽眼,冠军鸽生得赛鸽眼能累死你也累死它,好的种鸽必然事先能鉴别出来,后代飞出来后再吹嘘也没有用,关键是这个"事先"！老子的本事就是在事先！就是在万马军中当场给他来个"钦点"！不把他的脸点得变了颜色算不得本事！

话到兴奋处,祝兄拍案而起,加了扩音器,幸亏我修炼得还行（我看行）。也不全是祝兄状态好,也是我故意询问的问题质量较高,遭到祝兄当面表扬和肯定,说余尚有些悟性,属于可造之才云云……

"入室"了！死背墙上鸽眼模式（时间紧啊！还得谈话聆听）,很有心得,活学活用。可惜不宜拍照（没带摄影器材）,那图也只可意会不可言传,可惜！

回来后还要不断地在脑子里放电影,否则那图像就忘了——育种眼一、育种眼二、育种眼三……

【随笔,07 年 12 月 17 日】

3. 岭南之眼（二）

记不得从什么时候起，提到祝匡武先生时跟着就要提西翁鸽系，捆绑式提法。

这次偶前往当面看望祝先生，祝先生直言不讳地讲："什么品系的外环我没试验过（此处不要抠字眼）？在我这里不行！不飞！然后才是西翁！它在我们这里能站得住脚，能取得好成绩，怎么我说错了吗？"

您只有西翁吗？也不是，总要有两三个品系的东西交叉试验嘛！但性质要差不多。

【随笔，07 年 12 月 23 日】

4. 纪念树林先生（一）

"工欲善其事，必先利其器"，我们祖先留下的古训很多，中国鸽友独钟这一句。利器，就是鸽界三字经的第一个字：种。清末思想家魏源有名言："师夷长技以制夷"，中国鸽友即使压根没听说过这句话，却在骨子里和行动上始终宾服和身体力行着这句话。夷者：外国人也，洋人也。贺绿汀作曲的名歌《游击队之歌》有脍炙人口的唱词："没有枪，没有炮，敌人给我们造！"革命的乐观主义和浪漫主义的后面，那枪炮的来源不能浪漫——玩儿命啊——必须是洋枪和洋炮！海峡两岸的中国人实际上共识很多，鸽界就一致认为：在中国的土地上赛鸽，必须使用洋种，此种意识根深蒂固。不能怪罪廊坊的陈树林，在潮流面前，大家都唯洋种是举，总不能让某一个人独善其身，在众人都挥舞洋枪作战时,强迫陈树林用土铳。陈树林的洋枪品牌很是齐全,不能问他都有当今走红的什么洋品系,只能问他你缺少哪一个洋品系。答案通常是否定的。陈树林拥有举凡当今知名的外籍赛鸽品系,琳琅满目。不容你习惯性地、必然性地、下意识地问起陈树林的赫赫赛绩主要都是用什么品系的赛鸽打出来的,他主动"供述":主要赛绩来自胡本。为什么青睐胡本? 不为什么——没有人竭力推荐,也没有任何先入为主的框框,胡本是打出来的,在众多的可以说是品系齐全的赛鸽品系中,胡本鸽系迅速脱颖而出、崭露头角。陈树林进一步解释道,可能在他的鸽舍是这样……笔者阻断了他的话头——无独有偶,山东济南府的鸽界名人、中国信鸽信息网的前专栏作家、中国赛鸽交流网的老总韩强,也以善打公棚著名,手中枪林弹雨中鏖战多年打出来的一支既稳且快的、在周边地区颇有名气的"武工队",也是胡本! 笔者曾询问过韩强,胡本有什么特点? 对方如数家珍,语气肯定实在:胡本鸽相貌丑陋,手感轻瘦细长,眼睛结构无吸引人的地方,越接近其代表作"年轻艺术家"的血统,这些特点越明显。胡本鸽往往极易飞出出乎意料的好成绩。胡本鸽与其他鸽系适配性强,杂交后,手感、羽质立即改观。胡本鸽本身不太受天气、距离的限制,外观比较难识别,不似慕利门、杨阿腾、狄尔巴等鸽子那样一目了然。韩强先生还说,使用胡本鸽系提炼出"种精",专利性强,同行不易"盗版"——外观特征不明显。中国信鸽信息网上的鸽友也谈到:胡本鸽速度快、爆发力强、耐力好、中小体型、聪明。以上特点,陈树林都认可,他强调,自 1996 年起试用胡本鸽系,效果满意。胡本鸽飞中距离优势明显,无论在南非大

奖赛上,还是在美国和中国台湾的赛事中,都创造了优异成绩。胡本鸽的特点与中国老品系有些相似,能飞相对恶劣的地形和恶劣气候,稳定性强,适应性强。陈树林讲他的 2003 年天津精英公棚两次 500 千米比赛的综合冠军,就是胡本鸽系的后代创造的。在著名的陕西威力公棚,连续两年获得好成绩的鸽子,一查血统,还是胡本。树林种鸽繁育中心输出的种鸽中,许多好赛绩均出自胡本系。陈树林先生曾亲赴欧洲拜访胡本鸽舍,他感觉胡本家族没有很重的商业气息,也没有一些欧洲鸽界名家或多或少显露出的对亚洲人的歧视和轻视,很朴实、很和善的待人接物风范。树林先生对胡本家族以及他们三代从事赛鸽培育而铸造的胡本鸽系,印象非常之好。有鉴于胡本鸽系的优异发挥,树林种鸽繁育中心在做出幼鸽时,已开始向胡本系倾斜与靠拢,自留与输出的幼鸽,产生于胡本系的已占到总数的约 60%,可以说,胡本鸽系是树林种鸽繁育中心的主要产品,也是畅销产品。不过树林先生接着讲到一件小小的轶事:胡本的"年轻艺术家"血系,羽色为灰的多,但其著名的"索尼"血系,多为雨点,有的还是深雨点,十分好用。树林种鸽繁育中心的胡本鸽,无论什么羽色,都是直接来自胡本原舍,质量没有问题,但国内鸽友现在比较喜欢灰羽色的胡本鸽,深羽色的"卖点"差强人意。

【随笔,08 年 1 月 5 日】

5. 纪念树林先生(二)

　　陈树林先生好结交鸽友,也好结交文人雅士,他的种鸽繁育基地的院子里,到处透出中华文化气息,种鸽看足环基本都是外来的，除此之外，充斥中华文化古韵，国画书法、石雕木雕、庭院花廊、画眉、百灵。笔者造访当天，有津门著名书法家陈连羲先生在座，高谈阔论，笔走龙蛇，兴致悠然。树林先生懂字，当然知晓书法界意在笔先的诀窍，文化是触类旁通，共为机理的。笔者悟到，树林种鸽繁育中心多年的公棚竞翔战略战术，应当与总指挥陈树林的事先缜密策划有关，凡事预则立，不预则废，机会总是青睐有准备的人。后来陈树林的陈述果然证实了这一点。陈树林谈到，公棚参战分季节，打春赛和秋赛，战术完全不同。秋赛要相对晚送，送雌鸽，时间在 5 月中旬以后，他的秋赛公棚鸽最晚有 7 月 25 日进棚的。雌鸽的选择标准，根据多年的经验，把握个头要小，后把发育好，有劲，到 10 月中旬比赛开始，换到8 根条左右最适宜，有战斗力。原先也曾有直观的以大打小的想法，抢在 2 月份就交鸽，临赛前探视，发觉大月龄鸽普遍指标不理想，手感差，无获胜希望，无论雌雄，发育成熟后，在公棚里忙于寻偶配对繁殖，饮食无心，身体状况肯定要下降，全无斗志，像大龄青年，已过最佳竞技时段，为公棚参赛大忌，劳民伤财。晚送为什么送雌鸽？因为雌鸽发育快于雄鸽，虽然入棚迟，但生长速度快，比赛时已到最佳状态，而雄鸽晚送，则未能发育到最佳时段，不好把握，而实践证明，雌鸽相对"单纯"，毛病少，竞翔和训练中总体归巢欲望强于雄鸽，意外情况出现率也低，综合以上，我们秋季打公棚多送雌鸽。秋送春赛，情况有变，冬季万物生长发育迟缓，甚至停止，所摄取的食物全部供给生存和御寒。比如秋冬出生的幼鸽，大多数停止主翼羽的更换，生理周期放缓，就生长发育速度来说，隆冬的两个月不抵春夏季的一个月，如果这时像春季一样考虑问题,套用春季模式,等于刻舟求剑、守株待兔。所以经过分析考虑,总结多年征战的经验,我们秋季送公棚多上雄鸽,虽然冬季雌雄发育都慢,但雌鸽总归发育早于雄鸽,来年开春,雌鸽发情配对,月龄也偏大,局面转过来了,雌鸽的优势变成了劣势,而雄鸽因发育较迟,经过冬季时间的休养,月龄状态较易保证。实际上公棚的雄鸽应当多于雌鸽的,都选精英入棚,个大体壮能吃能抢的应首选,雄鸽概率应当超过雌鸽不少,多数雄鸽在公棚并不能固定配偶,是单身运动员,春季竞翔上路,没有负担,容易出成绩,雌鸽一旦产蛋或孵卵,即使无巢孵育,上笼时谁还管它在不在状态,身体恢复了没有?陈树林先生后面的话,笔者感觉起点更高了,有更强的纵深感。他说,现在公棚打比赛全都选好天或者说大好天,有点不理想的天气,宁肯将已上路的赛鸽拉回来推迟比赛,也要选一个让所有参赛鸽友说不出什么的"比赛用天"。但三挑选、四躲避,总有在不测之时出现点意外,或者因种种不得已的情况而被迫开笼。实际上,从南到北的公棚,每年总有遇到孬天的消息传来。树林先生认为,送公棚只选清一色短程快速晴天型赛鸽,不是明智之举。实话实说,如今引进的欧美鸽系,有不少就是明显的太阳鸟,晴天贼快,阴雨天就不来了。笔者青睐胡本鸽就有这方面的原因,通常,选定一个公棚送鸽时,总考虑选两路品系的幼鸽,即使胡本品系的幼鸽准备好了,再配上杨阿腾、戈登等相对耐恶劣天气的品系;就是胡本品系,也是深羽色、浅羽色的都有,意图双保险,意外总是可能有的,有时司放地天气晴好,归巢地也不错,中途却有问题而且有时问题还很严重。俗话说:百里不同俗,十里不同风嘛。

【随笔,08 年 1 月 4 日】

6. 解剖考夫曼

格阿德(小考)在选种方面非常严格。赛鸽要在 3 ~ 5 年里表现出超凡的赛绩后才能进入种鸽舍,不仅是冠军,而且要是大羽数的冠军。它们不但要在幼鸽赛中表现得出众,3 岁乃至 5 岁时都要表现得很好,这样的鸽子才能进入种鸽舍。现在他们有 26 对种鸽,其中 70% 左右是赛绩鸽。最近 30 年来,他们没出售过一羽自己的超级赛绩鸽,无论出价多高。他们鸽子的血统就是詹森×凡龙。育种是用回血还是杂交,他们从不考虑,对翅膀和眼睛他们也从来不关注。他们的育种方法就是用最优秀的配最优秀的。他们关注的是,鸽子能不能在 200 ~ 700 千米迅速归巢,有这样能力的鸽子才能把优秀的能力遗传给后代。当然选种方法有很多,但他们觉得他们的方法最简单实用。只要种鸽有活力,老种鸽的年龄并不重要,有时他们就用 10 岁的雌鸽配十几岁的雄鸽,后代还是很优秀。用放大镜看眼睛配种,他们从没有那样做过,他们就相信优秀赛绩鸽×优秀赛绩鸽这种方法。

【随笔,07 年 10 月 15 日】

7. 考夫曼的过人之处

赛绩不说了,考的过人之处在于考系外形的独特及基本统一,这比将羽色搞成深浅"苍白"难度大得多。至少,产生这样

的意识和欲望,然后着手完成(两代人)。笔者的评价:这属于鸽坛伟业级导向做法。

【随笔,08 年 1 月 24 日】

8. 考夫曼的东西

考夫曼的东西已经可以被人轻易看出像"考夫曼的东西"了,这水平即使在荷兰、比利时鸽界,也少有人能做到。

【随笔,08 年 1 月 24 日】

9. 慕利门晚年的"佳作"

这个问题只有看的,没有答的,这本身就说明了问题。

笔者感觉国内对慕利门的晚年"佳作"——火凤凰羽色鸽实际育种及竞翔性能双差之认识,已上升到理性层次了,好事。

【随笔,07 年 10 月 24 日】

10. 考夫曼的绝活儿

笔者认为考夫曼高就高在自家的品系不管来自谁家,短期内外观看上去要制造得有"考氏"模样,统一为考氏商标。

——此招专为对付亚洲东部地区人民也说不定。

【随笔,08 年 1 月 25 日】

11. 怀疑夏拉肯

笔者一直怀疑夏拉肯他有"北方人"的血统,看他那个模样也像,怎么姓夏还要起个外国名。写的东西也挺实在,受看受用,对他的印象一直不错。忘了哪方辩友说得好:"尊重不要崇拜。"凡事一崇拜就要走极端,中国人吃这方面的亏太多了,鸽界尤甚。崇拜的产生方面没办法——遗传,但我们应当清醒并刻意做主观纠正。譬如,没有人说夏氏的文字有什么漏洞,只要他说了,就是鸽界最高指示。一个"*丝丝*"还能再说约 18 年,非超过"759"不能算完。第一次说"*丝丝*"时的情节笔者还死死地记着:卖了以后还遭遇国际退货,是因为那母鸽"奇丑无比",不仅仅是被退货的原因,直接也是被出售的原因。后来看到过铺天盖地的"*丝丝*"照片,根本不是那么一回事! 跟我等玩欲擒故纵,欲扬先贬啊! 就冲这点,从此对老夏留下了"不实在"的印象。

【随笔,05 年 2 月 3 日】

12. 信鸽选种之参考

不少人知道,接近退休年龄的马俊仁爱狗养狗,他在北京南郊的大兴黄村建了一处养狗的基地。他不养京叭,不养贵妇,不养博美,也不养仿佛顺应他性格的苏联红和德国黑被,连这些年在警用犬领域大有取代德国牧羊犬种之势的拉布拉多犬也不屑一顾,马俊仁养的是国产狗藏獒。他的"狗场"名藏獒养殖中心,马俊仁本人还身兼中国藏獒俱乐部主席。不完全是物以稀为贵,也不能类比当年君子兰万元一盆时,马俊仁曾经经营过巨大的花窖。不是钱的诱惑,马俊仁选中藏獒自有他的独特思路,是著名的"马派"思路,这思路的基础是马俊仁争强好胜的秉性,他的争强好胜,早就逾越了一城一地,甚至逾越了一省一国,

他喜欢在全世界范围逞强！这是一个体育运动专家的气魄。马俊仁自己说："我养藏獒，不是因为缺钱，是因为爱好，但还不光是爱好。现在世界犬业中中国没地位，各大名犬都有藏獒的基因，藏獒数来数去该是最好的犬，只要下功夫弄，咱们一定能拿世界冠军！"马俊仁的话，洋溢着民族主义和个人英雄主义。马俊仁选种的起点极高，他说：养藏獒要一下养到世界领先水平，首先就要有世界领先水平的立足点。出发点要高，一开始就要看准了世界水平在哪里，往那个水平上争取。这与赛鸽界算是触类旁通，我们即使不能一下子达到赛鸽世界领先水平，至少在当地要达到领先水平，至少要争取做到这一点。这方面马俊仁还有感慨：干什么事情千万别磨磨蹭蹭，拖泥带水，半天上不了台阶。养藏獒，搞体育，讲的都是一步到位，步步到位。天下要做成事，讲的就是到位。马俊仁选种严格到极端，只要是藏獒，中国谁家有最好的品种，他要不惜一切代价弄到手。马俊仁说："不说是垄断，也不是称霸，但是，养就养最好的。别人家的獒个个都比我的好，那我还养什么？我没有必要再养了。我马俊仁就不干第二的事儿！"

【随笔,07 年 11 月 29 日】

13. 詹森与李梅龄的异曲同工之妙

詹森和李梅龄看似风马牛，实际上有非常大的相似之处。詹森家族两代人，基本经历：精选种鸽引入，发生优异赛绩，然后以商业眼光尽快固定自家鸽系的外观，尽可能有独特的羽色，与众家以示区别，最好能有一段赛绩与输出都辉煌的时期，这个时期若足够长,就一劳永逸,最终达只售不赛的状态。

詹森选定的羽色模式是一种独特的分布不规则的浅雨点,这样的羽色在中国大陆 20 世纪 90 年代才被人固定认识。深色的绝无仅有,红的与同样独特羽色的石板灰,质量虽不差,也离不了,在后院干活,对外称不喜欢,实际上是不要让杂色干扰了浅雨点正宗产品的销售。实况是既不干扰,还帮忙不少。你看欧洲人比中国人傻多了,货色不乱和货真价实还是坚持做到的。至于詹森还输出灰鸽,则因灰是原始色,一弄就会出现,与浅雨点差不多,也好卖,不计较啦!

李梅龄从引进种鸽开始就有同样的想法,他把浅色的给黄钟,自己留深羽色的。大概有这样几个可能:喜欢深的;深的比浅的表现好;深羽色在当时更独特,更便于区别。引种起点高,迅速获得优异赛绩的概率很大,竞争对手又不多,李氏立即进入下一步,种鸽销售,固定品牌(即深雨点),一成不变。在基本封闭的情况下,李梅龄本人也没有想到能持续到 20 世纪末,达近 70 年之久! 他 70 年代去世后又延续 20 余年。

同样是大师级的汪顺兴,产品的一致性这一点做得不如李梅龄彻底,所以在赛鸽感悟和鉴定方面可能功力不输李梅龄,几乎同时代,声名和影响力却总是逊于李梅龄(可能有身份因素)。刚刚去世的上海张锡坤前辈,也做到了品牌特点突出,称锡坤白,但张老"押错了宝",白鸽的整体竞翔能力毕竟差一筹,假如是因为爱好,无可厚非。慕利门培育的"火凤凰"做到了一半,作为独特品牌模式是没有问题的,但那羽色的鸽子只好种用(效果也不便恭维),竞翔差,也很难大量生产。不是老慕不努

力——赛鸽类中已经很难衍生全新的羽色模式了。

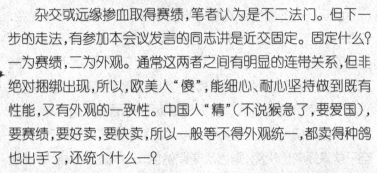

杂交或远缘掺血取得赛绩，笔者认为是不二法门。但下一步的走法，有参加本会议发言的同志讲是近交固定。固定什么？一为赛绩，二为外观。通常这两者之间有明显的连带关系，但非绝对捆绑出现，所以，欧美人"傻"，能细心、耐心坚持做到既有性能，又有外观的一致性。中国人"精"（不说猴急了，要爱国），要赛绩，要好卖，要快卖，所以一般等不得外观统一，都卖得种鸽也出手了，还统个什么一？

鸽友要问：你心中十分明白，为什么也没有统一模式的大量产品出售？这不正在寻求优异赛绩嘛！一是还不够稳定；二是差不多了，就被偷一次，老不得延续，也挺耽误时间的。如今可好，天下无贼，事情好办多了。

【随笔，05 年 1 月 31 日】

六、公棚篇

1. 公棚决赛演老戏，"三百"年年来搅局

[网载消息]津福公棚第二关400千米比赛见闻：

现场的鸽友多估计鸽子不好飞，大家预计鸽子应该在13时30分左右归巢，结果13时30分左右确实到了一只鸽子，一群人看着大屏幕，鸽子进去了，屏幕没反应，公棚工作人员赶紧把鸽子抓出来，请围观鸽友验证，是一只300千米的迟归鸽。

赛距越近归巢率越高，分速越快，这种认识在300千米距离上是个例外，不成立的。可以这样认为，说白了，四川的博得公棚决赛若放500千米级，虽居巴蜀盆地，成绩不会比300千米级更糟，明智的话，也决不应当在500千米决赛站前，"顺便"插上一次300千米的预赛，应近于300千米为好。几年来已有一个反复出现于各公棚的现象：300千米预赛参赛鸽数量可观，500千米决赛时，大部分赛鸽都"失格"了，一句话，全栽在300千米那一站上，分速不行，归巢率很差，怎么会不"失格"？曾经是国

内规模最大的辽宁鞍山千山国际公棚,300 千米预赛放飞 600 多羽,当天只有 24 羽归巢,原因是遇到 5 级逆风。可第二天呢? 第三天呢? 据报道,1 周之内仅归 191 羽,以 620 羽计算(不知确切羽数),不过才 30.8%,当天仅归约 3%。300 千米往往有特迟归巢鸽,每每千人瞩目的 500 千米决赛开赛后,它(们)"适时"飞回来恶作剧式地抢先进入接通了电路的"优必胜"电子扫描器监视的活门,玩一个"查无此鸽"的把戏,吊吊众人的胃口。试想,一座公棚在 500 千米决赛之后还不断接纳和养活一大批 300 千米放出后陆续归来的"失格"鸽,这是一种什么样的感觉和心境? 再问一句,这些"失格"鸽都是孬种吗? 能不能调换一种赛程让它们也风光一番? 咱们对那些从来逢 300 千米便跳站,500 千米鸽群飞得又不慢、又不丢的鸽友硬是充耳不闻、视而不见吗?

【随笔,07 年 10 月 5 日】

2. 公棚老板的只言片语

公棚老板指着各间鸽舍中的踏板说,最终获得好名次的鸽子,都是晚上抢先占领最上层踏板的那几只。还有,夏夜不下雨时,好名次的鸽子蹲在开着的门上乘凉过夜,下雨天,你就找不着它们了,进房间避雨去了。还有狡猾的,怕在房间里被捉,晚上就躲在电子踏板小门洞里睡觉,头朝里。它认为看不到你,你就看不到它⋯⋯

【随笔,07 年 8 月 25 日】

3．公棚拍卖旁观

参加华东地区某市一家赛鸽老公棚的赛后拍卖会,主要目的是观摩、体验。有点儿个人小小的看法,难免偏颇,随一小笔而已。

不轰动,参与者很理性了,到点儿来,按部就班,熟门熟路,面无表情(并不喜形于色),个别初来乍到欢一点儿的,一看这阵势,也收敛了。

做功课(作业)细致老到,考虑周全,三两商量,各有主见,不当随风草。

对所拍鸽有预先的战略性锁定,各取所需。拍起来看,层次明显,有上午抢举,捡了便宜走人的;有把牌子夹在两腿之间,款包夹在胳肢窝下养神到下午 15 时的——火候还没到。

有以上趋势,整体价格不会走高了,老拍家与主持方一看这"群势",心中自然明白八九,各自打好了心理"预防针"。

"三个代表"的价格有起伏,有反弹:①戴外环的;②获得前名次的;③ 所谓"苍白"羽色(浅麒麟花)的。不是跟风,也不是赶时髦,也不是傻,前面说了,理性得很,各有所需,各有算盘,弄回去出手也不蚀本儿——谁傻谁知道。

最后关头激烈点儿了,也不是斗气斗款,实力派很冷静地PK 一下,没有肾上腺素的参与,该举时举,该放时放,收放自如。拍卖师的分贝数值、东家的烧火提示,都不起参考作用——功夫下在了事先。某省拍客的集团作战,也是经历了沙盘作业的,集中优势兵力打歼灭战——全副美械装备的肥肉,不能落进兄弟

部队的口中。

【随笔,07 年 12 月 17 日】

4. 公棚赛后"拍人会"亲历记

关键词:实践　检验真理　唯一　标准

本着这个指导思想,参加了一个普通中型公棚的决赛后拍卖会,在一片"打假"和掀翻各公棚办公桌以及桌上电脑着地发出的嘈杂声中,这个公棚没有任何这方面的声音——拍完了也没有——难得!

有以下几点直观感想:

(1)公棚截取一定数量前名次鸽倒拍,从 200、160、150 位次起拍不定,根据需要。但比较靠后的名次,鸽主名字若喊起来是"王小二"、"李老三"的,下边的把花钱租来的牌子放在手中玩弄,假装听不见,鸽子很快就拿下去了——流拍。连续流它个五六羽,考验拍卖师了,脸皮薄却执著要干这一行的(嗓门极好),最好配摩托车头盔或使用焊接工面罩,至少要一副墨镜遮颜。但是一不小心,"名人大户"的鸽子也飞了一个不太靓丽的名次,情况逆转了,诸多叫行,拍价飙升,此起彼伏,好不热闹!"哥哥!您那羽 XX 名的鸽子要是自己不想拍回去,你就别举牌了!我锁定了,弟弟我要拿回去!"——功夫都下到事先了。

(2)谁再苹苹羽色没有价值,我带去的"马仔"在未见我使眼色时,也会忍不住给他一个"天马窝心拳"——你小子的眼珠子应该点点"美孚"牌防冻液了,没见一共没有几羽参拍的麒麟花(浅一点的叫"苍白",深一点的如今也叫"苍白",不叫也叫),还有石板灰、石板雨点,价格有自然型上浮波动趋势吗?即使鸽主还是李老三。俗话教导我们说:货卖一张皮! 雨点鸽数量都明显下降了,灰的为主流,亮灰很普遍,连县级鸽会送来的都是亮灰,跟阿连栋克的是一种灰,说明了什么? 到发稿时还没想通呢!

(3)前名次鸽拍前展示,看出有规律:前名次中雌鸽占压倒多数,中小体型,但雌鸽拍不过雄鸽,大概是物以稀为贵吧!你说是不是?

(4)若决赛时有次日归名次,则当日归的拍价有明显抬升,这年头谁真傻啊?

(5)拍到纯前名次(或者总前名次)鸽时,那是真高潮(记不得谁说的"有了高潮你就喊",这话真不假哩! 不过我是用眼神示意自备"举牌员"举或否,自家喊了感觉缺乏技术含量,动静大那是群众喊的)。事先分析,这种等次的公棚,参赛鸽主家庭出身比较整齐,多为周边人士,为一羽名次鸽 PK 到头破血流,概率不大。主要是鸽主与潜在欲拍者战斗。再分析,对方有一个心理价位,按照当地消费能力,这个前名次鸽普通价位有一个基本平台,习惯上(涉及传统文化了)这价位是个整数,于是估算为 5 000 元。5 000 元以下,3 000 元、4 000 元,总起来便宜,可以适当拿下,超过 5 000 元,没有意思了——原来自家也有心理价位。

(6)拍前要做作业——逐笼细看即拍鸽各项数据,包括雌雄判断都有记录。在公棚提供的名单上标定心仪的几羽某名次、某某名次鸽,有备无患。真拍起来,最后果然是鸽主与潜在

买主在交替纠缠作战,从 300 元到 5 000 元也是不短的艰苦历程。山呼海啸的声音就是这时发出的,不相干的看客肾上腺素分泌也一时超标!举到 4 800 元,示意自家人停牌,鸽主"噌"的一声就窜到前面去了,沉稳点的停在 5 000 上,想多挖买主钱包的,一家伙窜到 5 500 了。如此,连着在 4 800 元位置骤停 3 次,闪得 3 位鸽主不情愿起身去前台交那 5 000 元或 5 500 元的 40% 费用给公棚的现场收银员——大钱没到手,自家还得往外掏(个别的没带钱想花鸽子挣的也说不定),脸色即刻变了(我的不变)。回头找到咱扯着袖子细声说哥哥不用 4 800 元你 4 600 元就拿走!笔者只管摇头——价格虚高了,不真实!

(7)最终还是提着自己心仪的几羽鸽子返航了,没有拿下前名次鸽的另一个原因是犯疑,一溜儿前名次鸽都是公棚所在地及其左近地方的鸽子,属于"原籍鸽"、"周边鸽"。现场斜着眼看当地鸽友并不抢拍,既然当地知根知底的都不举牌儿,说明什么?江湖上总的原则之一是害人之心不可有,防人之心不可无,公棚信誉不好,咱连去也不去不是?

【随笔,07 年 12 月 6 日】

5. 公棚探视学

跟朋友去某公棚探视。

看到自己的鸽子,上手检查,感觉还可以就放过,用笔记录羽色和眼色,回去跟原始记录核对,看种鸽的后代有什么变化、最终成绩如何而已。

看到两个现象(做法)印象很深:一个鸽友将带来的胶囊给

自家的每羽鸽子塞喂一粒,笔者注意了那药物的纸板,上面没有药名,只有"凯歌"字样。还有一个鸽友,叫了一个人,在角落里用针管胶管给自家的鸽子打水,老远看去是一种黄色的液体。立刻感觉到甩着两只手前往探视的我,落后了一大截儿。

被拔掉的大条,满地都是,也不知都是第几根。

公棚方面也学得圆熟了——鸽子都按照鸽主姓名先期捉笼,老远的放着,你够不着,也看不清。先到办公室查看电脑记录,看你名下还有几只,立刻交钱,给你参赛卡,凭参赛卡由工作人员将你的鸽子拿过来。若探视不满意的,可退钱退卡,鸽子领走交 50 元,不领的由公棚处理。最后,所有不缴费也不探视或不与公棚打交道者的鸽子,公棚一律封存饲养,不训练,不置于公棚名下参赛。

在激烈竞争中,凭借经验与教训,公棚也不断改进管理和经营方法,讲求适者生存。不过,这与公棚最终作不作弊,声誉好不好,没有什么必然联系。

【随笔,07 年 7 月 30 日】

6. 公棚训放大量失鸽的原因探讨

（1）先收钱的训放比较及时,丢不丢的无所谓了,反倒不丢或少丢。

（2）因竞争剧烈,放宽规则尺度,允许后交费,允许啥时高兴啥时交鸽,老少爷们五六辈,总想等收齐了钱,刚来的小东西不吱吱叫了再训放,终于晚了,不会上天了！像"猪孩",到了学说话的时候没人教他（她）,只学会了猪哼哼。过了最佳时段,

GE YUAN SUIBI

鸽苑随笔

教也学不会了。

（3）公棚有自备放鸽车，通常载 2 000 羽吧。收完鸽子看看帐本，6 000 羽。戴电子环就连续干了三个通宵。抓鸽子训放还能分三批？谁知道谁是第几批？给双胞胎孩子洗澡还一个洗两遍一个漏洗了呢！上！公棚的放鸽车运载量多少？1 800 ～ 7 200 羽通吃。

（4）叫我是鸽子我也不回来！

（5）跟老天爷说不上话，好天总占三分之二，公棚犯不上专找孬天训放。今年秋天不好放？你翻翻去年秋天的帖子，公棚什么时候训放好受过？上路就是太阳黑子跟着！

【论剑，06 年 10 月 10 日】

7. 济南东郊章丘公棚训放百公里丢失半数的原因

大前年那公棚东部另一公棚老板与笔者通话，大意是：本棚四个方向都试过，总是没有理想的归巢数据，鸽主总是不满。笔者直说：你那个公棚所在地，不是好的归巢地，鸽子放出，飞到归巢地附近找不到家门口，不要在司放地的位置和方向方面兜圈子了……对方沉默良久，声音沉重地说：明白了。

本帖答案就在济南。

济南鸽友曾不止一人、不止一次地对笔者讲过，济南东部不能放鸽，连私训也最好不要进行，往西、往北好，南面次之。总结夸张如下：济南市鸽界是"宁肯往西一千，不要往东一砖"。

章丘看济南是哪个方向啊？又出思考题了。

【随笔，08 年 4 月 20 日】

8. 公 棚 专 鸽

专打公棚的鸽界四兄弟曾分析：Ａ公棚冠军若不是自己送的鸽子拿下，则那羽冠军鸽在同样的饲养管理条件下，更适宜飞Ａ公棚的那条赛线！四人商议集手中资金全力将那羽冠军鸽拍下，回家搭上自己的最适宜飞公棚的种鸽，做出更有把握的鸽子，2008 年还送Ａ公棚！这叫作即以其人之道，还治其人之身。

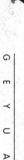

他们"贼"到努力检验自己手中的种鸽，在能做出飞前三名赛鸽的种质质量标准下，分离出最适宜繁殖专打公棚的赛鸽的种鸽！哥儿们分析：为什么这羽种鸽做出的赛鸽公棚能赢，当地鸽会的比赛也能赢，那羽种鸽的后代在当地打得很好，到公棚就"拉稀"呢？他们的策略是将公棚打赢的鸽子和失利的鸽子都拍回来研究对比，看看差别究竟在哪里，然后总结出规律，四人达成共识，就照能赢的模式繁殖公棚鸽，倒推上去寻找能做出符合专打公棚标准赛鸽的种鸽来！三年间，四个脑袋的连续思考，等于把同一个问题思考了 12 遍，结论出得就是快——按照"专打公棚鸽理论"，适宜公棚参赛（还得有把握拿大奖）的鸽子有这样的一般人不告诉的规律：骨架硬，身上老是有膘，就公棚那种饲养水准和训练强度，预、决赛完了拍回来还是那样的膘，整个就是倒驴不倒架的主儿！三根大条齐，排风好，体力恢复快，通常训、赛不死也不丢。性格远人，不愿意接受"关爱"，抗粗放饲养。四兄弟介绍：公棚鸽就是公棚鸽，放在家里训养，还没比赛就能丢，怕人而游棚，家飞能没影了，训放就不来了。因为，家里的饲养条件优厚，对于公棚模式鸽来说，有点过了，没事过去

亲近亲近它,享受不了。再者,家里打比赛的鸽子有的是近亲,对饲养条件要求高,公棚全上杂交鸽,抗病,耐粗饲。善打公棚的鸽子要以速度为主,因为公棚赛距离短,选好天,对赛鸽恶劣天气定向功能要求不高,为了保险可掺入稳定性血缘,但不能因此损失速度。超悦鸽舍曾在《赛鸽天地》杂志上刊登一幅彩页广告,2002 年千山公棚冠军,CHN02—06—025099 灰黄眼雄鸽。超悦四兄弟认为这羽雄鸽就代表他们认真做出的、专打公棚的赛鸽标准体型,即两短,身材粗短,脖颈和腿也短。

【随笔,07 年 10 月 17 日】

9. 实 施 刮 条

还有专打公棚的"老油条"密告:"你还没实施刮条呢!"笔者急问何为刮条,如何刮条? 对方讲去公棚探视自己的鸽子时,看看换到第五根与第六根的位置了,反正五六根即将脱落,就用刀将这两根条刮得只剩下羽梗,鸽子飞起来略吃力,但可锻炼其飞行力量……

【随笔,07 年 8 月 2 日】